KB058476

내 이웃집 의사 친구

닥터프렌즈

내 이웃집 의사 친구

닥터프렌즈

✛

닥터프렌즈 지음

arte

오진승

정신건강의학과 전문의. 고등학생 때까지만 해도 영화평론가를 꿈꿨다. 영화 감상과 바이올린 연주도 좋아하지만, 친구들과 수다 떠는 걸 세상에서 가장 좋아한다. 말하는 것을 워낙 좋아해 정신건강의학과를 택했다가 오히려 경청하는 법을 배웠다. 고도의 소통 능력으로 사람들의 다친 마음을 회복시켜주고, 마음 체력을 탄탄하게 만들어주는 닥터프렌즈의 공식 요정이다.

우창윤

내과 전문의. 세부 전공은 당뇨병, 비만, 갑상선 질환 등을 다루는 내분비내과이다. 의과대학을 수석으로 입학해 차석으로 졸업한 수재이지만, 친구들과 있을 때 자주 엉뚱한 멘트를 날려서 놀림을 당한다. 새로운 시도를 좋아해서 유튜브라는 도전에도 즐겁게 임하고 있으며, 남다른 집중력과 꼼꼼함으로 닥터프렌즈 채널의 전반적인 의학 감수를 담당하고 있다.

이낙준

이비인후과 전문의. '한산이가'라는 필명의 웹소설 작가로도 활동하고 있다. 호기심이 많고 주저 없이 도전하는 성격 덕분에 인턴 시절에는 다양한 진료과에 도전하며 과 결정을 번복해 '배신의 장미'라고 불렸다. 그렇지만 그때의 경험이 웹소설을 통해 실제 상황만큼 생생한 의학 판타지를 펼칠 수 있는 큰 밑천이 되었다. 여전히 퐁퐁 샘솟는 호기심과 도전 정신으로 닥터프렌즈의 아이디어 뱅크를 담당하고 있다.

우리는 닥터프렌즈입니다

안녕하세요, 닥터프렌즈입니다. 〈닥터프렌즈〉는 정신건강의학과 전문의 오진승, 내과 전문의 우창윤, 이비인후과 전문의 이낙준이 함께 운영하는 의학 전문 유튜브 채널입니다.

처음 이 프로젝트를 떠올린 사람은 이낙준이었어요. 의사이자 웹소설 작가로서 많은 사람과 소통하는 그는 생각보다 많은 이가 의학 지식에 관심을 갖는다는 사실을 알게 되었고, 그들과 유튜브를 통해 더욱 친근하게 만나기를 원했습니다.

영상에 등장해서 이야기를 풀어가려면 말하는 걸 좋아하고 주저가 없는 친구들이 필요했습니다. 제일 먼저 떠오른 사람은 우창윤이었습니다. 이낙준과 우창윤은 대학교 동기로 처음 만났습니다. 우창윤은 카페에서 커피 한잔 시켜 놓고 두 시간이고 세 시간이고 쉬지 않고 떠들 수 있는 인물입니다. 다음으로 떠오른 사람은 오진승이었습니다. 우창윤, 이낙준과 군대 훈련소 동기, 이낙준과는 같은 부대원으로 함께한 사이였어요. 오진승은 매일 밤 MC 역할을 자처하며 훈련소의 잠 못 드는 밤을 책임지곤 했답니다. 뛰어난 진행자이며 중재자인 오진승이라면 언제나 잡담으로 흐르는 이낙준과 우창윤의 중심을 잡아줄 수 있을 것 같았습니다.

이렇게 세 사람이 모이게 되었습니다. 또한 우창윤의 아내이자 현재 닥터프렌즈의 디렉터인 심혜리 디자이너는 유튜브에 영상을 올릴 수 있도록 촬영, 편집, 썸네일 제작 등을 도맡아주었습니다. 덕분에 자칫하면 세 명의 수다로 그칠 수 있었던 이야기들이 닥터프렌즈 채널의 콘텐츠가 되어 세상에 나올 수 있었습니다.

세 전문의는 닥터프렌즈를 시작하면서 각자의 소망을 하나씩 꺼내 놓았습니다. 오진승은 우리나라에 정신적으로 힘들어하는 사람들이 적지 않은 데 반해 실제로 정신건강의학과 진료를 받고 있는 사람이 턱없이 적다는 사실에 주목했습니다. 수많은 정신건강의학과 전문의들이 있는데도 병원의 문턱이 너무 높은 거죠. 오진승은 닥터프렌즈가 그 문턱을 낮추는 데 기여하면 좋겠다고 생각했습니다.

내과에서는 우리가 흔히 알고 있는 당뇨나 고혈압 같은 여러 만성 질환을 다룹니다. 만성 질환 환자들에게 가장 필요한 건 의사가 처방하는 약인데도 대부분의 환자들이 약보다 민간요법과 건강식품에 의존하려 합니다. 실제로 그 어떤 음식보다 좋은 게 각 질환에 알맞게 처방된 약인데도요. 우창윤은 환자들이 가진 약에 대한 좋지 않은 인식을 변화시키고 싶었습니다.

이낙준은 진료실에서 보청기가 필요한 난청 환자들을 자주 만나게 됩니다. 그런데 보청기를 권하면 대개의 환자가 마치 어떤 선고라도 받은 얼굴이 됩니다. 어떤 분들은 화까지 내죠. 만일 눈이 나빠져서 안경의 도움을 받아야 한다는 얘기를 들었어도 똑같이 반응할까요? 아마 그렇지는 않을 겁니다. 특히 노년 인구에서 난청을 방치함으로써 발생하는 사회적 소외감, 우울감, 치매 등을 보청기로 예방하고 극복할 수 있다는 것이 여러 연구에서 밝혀지고 있기에 더욱 안타까웠습니다. 그래서 이낙준의 목표는 보청기를 안경처럼 생각하게 만드는 것이었습니다.

세 전문의의 목표가 각 과와 관련된 것만 있는 것은 아닙니다. 닥터프렌즈를 통해 더 많은 사람이 의학을 친근하게 느끼길 바랍니다. 취미로 별자리를 보러 가거나 과학 상식을 공부하는 사람은 있어도 재미로 해부학을 공부하는 사람은 없잖아요? '대중 과학'이라는 말은 있어도 '대중 의학'은 없는 것처럼요. 사실 우리 몸보다 우리와 더 가까이 있는 과학은 없는데 말이죠. 이 모든 막연한 거리감이 닥터프렌즈를 통해 해소되길 바랍니다.

요즘은 인터넷을 통해 너무 많은 건강 정보가 범람하고 있어요. 일반인은 그 정보들의 정확성을 판단하기 어렵기 때문에 닥터프렌즈의 콘텐츠가 판단의 근거가 될 수 있다면, 또한 이 책이 지침서처럼 쓰일 수 있다면 좋겠습니다.

책의 1장에서는 닥터프렌즈를 시작하게 된 계기와 각자의 목표에 대해 조금 더 자세히 이야기합니다. 세 의사가 정리한 특별한 처방전도 확인할 수 있어요. 2장에서는 닥터프렌즈 각자의 전문과별로 자주 접하는 건강 고민들을 문답 형식으로 정리했습니다. 친한 의사 친구와 묻고 답하듯 느껴지면 좋겠습니다. 3장에는 닥터프렌즈의 대학생 시절부터 유튜버가 된 지금까지의 이야기를 담았습니다. 영상에는 차마 담지 못했던 깨알 같은 에피소드를 기대해 주세요.

여러분도 의사 친구 하나쯤 있으면 좋겠죠? 닥터프렌즈 라는 명칭은 우리끼리만 친한 사이를 뜻하지 않습니다. 일 상생활 속 크고 작은 불편함으로 불안을 품고 있는 그 누 구에게라도 친구가 되어드릴게요. 자, 이제부터 친하게 지 내보아요. 반갑습니다, 우리는 닥터프렌즈입니다.

일러두기

• 본문 내용의 출처는 미주로, 부가 설명은 각주로 표기했습니다.

• 2장의 상담 사례는 닥터프렌즈 유튜브 채널과 홈페이지를 통해 들어온 질문을 바탕으로 재가공한 것으로, 개인 정보를 포함하고 있지 않습니다.

2장 친절한 Q&A, 무엇이든 물어보세요

3장 시끌벅적 세 사람의 이야기

1장

세상 어디에도 없는 병원

닥터프렌즈의 탄생

고대 그리스의 의사 히포크라테스가 쓴 윤리적 지침인 '히포크라테스 선서'에는 이런 구절이 있습니다.

내 아들과 내 스승의 아들과 의술의 원칙을 따르겠다고 선서한 제자들에게만 교훈과 강의를 포함하여 모든 방식의 교수법으로 의술에 관한 지식을 전달할 따름이고, 그 밖의 사람들에게는 전달하지 않겠다.

전문가의 권위가 폐쇄적인 지식의 격차에서 나온다는 것을 아는 모든 전문가는 그 격차를 지키기 위해 각고의 노력을 기울였습니다. 그렇게 개인 혹은 특정 집단만 알고 있는 지식은 오랫동안 일종의 권력이 되어 왔습니다. 이는 비단 의학 지식과 같은 전문적인 정보에만 국한된 이야기가 아닙니다. 예를 들어 종갓집에서 김치를 담그는 비법은 어머니에게서 딸이나 며느리에게로만 이어져 왔습니다. 비법은 그야말로 비밀스럽게 전해졌죠.

하지만 인터넷의 등장으로 세상이 변했습니다. 최고의 비법인지는 몰라도 적어도 김치 만드는 법 정도는 어렵지 않게 알 수 있게 되었죠. 질환과 치료법에 대한 정보도 무수히 넘쳐났습니다. 그렇다면 이제 모든 사람이 필요한 정보에 평등하게 접근할 수 있기에 더 이상 전문가가 필요하지 않은 걸까요? 인터넷이 등장하고 얼마 지나지 않았을 때는 그런 말을 하는 사람도 많았습니다. 조금 더 시간이 흐른 뒤에야 그 수가 크게 줄어들었죠. 수많은 정보가 쏟아지고 있지만 그 정보의 진위를 가려 걸러내기 위해서는 여전히 어느 정도의 전문 지식이 필요하기 때문입니다.

언제부터인가 누군가가 수많은 정보를 대신 걸러서 전달해주면 좋겠다는 수요가 발생했습니다. 이 수요를 가장 빨리 알아차린 사람이 바로 사업가이자 방송인인 백종원 대표가 아닐까 생각합니다. 백종원 대표는 〈마이 리틀 텔

레비전〉, 〈집밥 백선생〉 등의 방송을 통해 당시 요식업을 하는 사람이라면 감히 상상도 할 수 없는 일을 했습니다. 시청자들에게 아무 대가 없이 레시피를 비롯한 영업 노하우를 알려주었죠. '저러다 식당 다 망하는 거 아냐?'라며 많은 사람이 우려했습니다. 저도 그중 한 사람이었어요. 하지만 몇 년이 지난 지금의 상황은 어떤가요? 현재 백종원 대표는 우리나라 요식업을 대표하는 인물이 되었습니다. 인터넷에 떠돌던 수많은 정보를 전문가 입장에서 정제해서 전달해주었기 때문입니다. 대중의 막연했던 수요를 제대로 충족해준 셈이죠.

백종원 대표는 일종의 신드롬처럼 인기를 얻으며 그 자체로 브랜드가 되었습니다. 특히 〈골목식당〉 같은 프로그램에 나와 어찌 보면 경쟁자라고 할 수 있는 동종 업계 종사자들에게 진심어린 조언을 해주면서부터는 더 이상 범접할 수 없는 영웅이 되었죠. 의도였든 아니든 백종원 대표는 우리가 살아가는 시대에 맞는 전문가의 모습을 보여줬다고 생각합니다.

만일 저희가 백종원 대표 같은 의사가 되겠다고 하면 주변에서 어떤 반응을 보일까요? 아마 우려하는 분들이 많겠죠. 하지만 저희에게는 그 방식이 현명해 보였습니다. 닥터프렌즈 세 사람은 우리가 어떤 방식으로 각자 맡은 분야에 공헌하고 있는지를 다시 생각해봤습니다. 물론 백종원 대표는 방송에 나오기 전부터 이미 요식업계에서 알아주는 사람이었고, 저희는 이제 막 전문의가 된 신출내기들이었기 때문에 그처럼 업계에 기여하고 대중과 가까워지겠다고 한다는 건 무리가 있겠지요. 그럼에도 우리는 이 도전이 의미 있다고 믿었습니다.

의학 정보를 대중에게 소개하는 사람들이 없어서는 아니었습니다. 도리어 아주 많은 선배와 동료가 이미 그 일을 하고 있었습니다. 하지만 닥터프렌즈의 생각처럼 유튜브를 매개로 대중과 만나는 사람은 거의 없었습니다. 스마트폰과 통신 기술이 발전하면 할수록 영상 콘텐츠가 뜰 거라고 굳게 믿었던 우리는 이를 기회로 삼았습니다. 그렇게 의학 전문 유튜브 채널 〈닥터프렌즈〉의 탄생이 결정되었습니다. 이제부터는 의학을 어떻게 다루면 좋을지, 대중에게 어떻게 다가갈지에 대한 고민이 필요했습니다.

친하게 지내는 친구처럼

먼저 우리는 우리의 지식을 나누기로 결정했습니다. 여기서 지식이란 전문 분야에 대한 지식만을 얘기하는 것이 아니라 타인이 쉽게 겪어보지 못했을 개인적인 경험도 포함됩니다. 꼭 자신만의 경험일 필요도 없어요. 세상에 의사가 우리 셋만 있지 않듯, 동일한 경험을 한 사람의 수도 꽤 많을 겁니다. 하지만 그들 모두가 자신의 경험을 나누지는 않죠.

닥터프렌즈는 전문의들이기 때문에 의학 지식부터 나누고자 했습니다. 방향을 정했으니 그 방향을 따라 가기만 하면 된다고 생각했어요. 하지만 막상 출발하려고 보니, 그때부터 난관이 시작되었습니다.

마음가짐부터 문제였습니다. 처음엔 '우리는 의사니까 우리 얘기라면 다 들어주지 않을까' 하는 건방진 생각을 했어요. 하지만 막상 찍어놓고 보니 엉망진창인 거예요. 우리가 봐도 이상한데 주변 반응은 어땠을까요?

요약하자면, 가족 말고는 다 반대했습니다. 사실 가족들도 반대만 안 했지 적극적으로 찬성하는 사람이 없었습니다. 반대의 주된 이유는 지루하다는 것이었어요.

간신히 찾은 좋은 의견은 '프로페셔널해 보이긴 한다'는 것이었습니다. 그건 내용은 괜찮은데 전달 방식이 별로라는 뜻이었죠. 전달이 되지 않는다면 이야기하는 의미가 없기 때문에 개선이 필요했습니다. 그때 우창윤이 우리가 유튜브를 시작하는 이유에 대해 좀 더 고민해야 한다고 말했습니다. 그제야 우리는 닥터프렌즈가 그저 딱딱한 의학 지식을 나누기 위한 채널이 아님을 상기할 수 있었습니다.

"낙준아, 우리 어머니가 누런 코가 한 달째 나오는데 이거 어째야 되냐?"

의사로 살다 보면 주위에서 이런 질문을 참 많이 받게 됩니다. 그때마다 아주 친절하고 재밌게 해결책을 알려주려고 하죠. 이는 대화 상대가 환자가 아니라 친구이기에 가능한 일입니다. 하지만 그때마다 늘 이런 아쉬움이 남아요.

'아, 내가 환자에게도 이렇게 말할 수 있다면 얼마나 좋을까? 만약 그랬다면 환자가 약도 조금 더 잘 먹고, 치료도 잘 따라와서 지금보다 예후가 좋았을 텐데.'

이런 생각을 한번도 해보지 않은 의사는 아마 아무도 없을 거예요. 그만큼 환자에게 의학 정보를 지루하지 않고 따를 만하다는 생각이 들게 전달하는 일은 어렵습니다.

우리는 늘 진료실 안에서만 환자를 만나기 때문에 할애할 시간도 부족하고 서로 오해하기 쉬워요.

우리는 유튜브가 이 문제를 극복하는 데 도움을 줄 거라고 생각했습니다. 유튜브를 통해 친근한 방식으로 다가간다면 대중들도 의학 지식을 좀 더 쉽고 편하게 받아들일 수 있을 거라고 믿었어요.

그렇게 우리 채널의 주제는 '우리끼리만 친하게 지내지 말고, 환자들과도 좀 친하게 지내보자'가 되었습니다. 주제가 정해지고 나니 이름은 일사천리로 지어졌습니다.

'닥터프렌즈'. 의사 친구 하나 생긴다는 마음으로 봐주시면 좋겠다는 뜻에서 정한 이름입니다. 채널의 주제와 이름까지 정한 다음, 우리는 다시 카메라 앞에 앉았습니다. 이전과 같은 카메라였지만 마주한 느낌은 전혀 달랐습니다. 이제 우리는 더 이상 환자들이 아닌 친구들 앞에 있었으니까요.

그러다 보니 정말 친구에게나 할 법한 개인적인 얘기들까지 술술 풀어놓기 시작했습니다. 예를 들면 의대생에서 전문의가 되기까지의 과정에 관한 이야기나 의사가 진료받으러 갔을 때 의사라고 밝히는지 아닌지, 의사들의 직업병 등 처음 이 일을 계획했을 땐 생각도 하지 못했던 내용들이 쏟아져 나왔습니다. 물론 전하고자 했던 의학 정보도 당연히 포함되어 있었습니다. 각자 전문과에 맞는 내용을 최대한 열심히 준비해서 찍었죠. 그렇다면 과연 개인적인 얘기와 의학 정보 중 무엇이 더 주목을 받았을까요?

이제 와서 생각해보면 당연히 전자일 수밖에 없는데, 그 땐 우리의 시시콜콜한 이야기들을 좋아해주는 사람들이 있는 게 그저 신기하기만 했어요. 우린 의학 지식을 빼면 아무것도 없는 의사들인데, 우리라는 사람 자체에 더 관심을 보낸다는 사실이 신선한 충격으로 다가왔죠. 그리고 이것이 곧 우리가 나아갈 방향을 제시해주었습니다. 더 많은 사람에게 이야기를 전하고 싶다면 더 많은 사람과 친해져야한다는 것을요.

그때부터 〈닥터프렌즈〉 채널에는 정보를 주는 콘텐츠와 재미를 주는 콘텐츠를 적절한 비율로 업로드하기 시작했습니다. 그렇게 구독자들과 친구가 되었고 이제는 그들을 '헬프'라는 이름으로 부르게 되었습니다.

우리의 목표, 우리만의 처방

닥터프렌즈의 목표가 의사를 친근한 대상으로 생각하게 하는 것이었다면, 각자의 목표는 좀 더 분명했습니다. 오진 승은 정신건강의학과의 문턱을 낮추는 것, 우창윤은 건강 기능 식품에 의존하기보다 질병에 맞는 정확한 약 처방을 받게 하는 것, 이낙준은 보청기를 안경처럼 생각하게 하는 것. 세 사람은 어떻게 이 목표를 실현할 수 있을까요.

병에 맞는 약보다 좋은 음식이 있을까

여러분은 약에 대해 어떻게 생각하시나요? 약은 병을

낫게 해주는 고마운 존재인가요, 아니면 최대한 피하고 싶은 대상인가요?

매일 환자들에게 약을 처방하다 보면 많은 이가 약을 싫어한다는 사실을 알게 됩니다. '왜 환자들은 약 먹는 걸 싫어할까?' 한번 곰곰이 생각해봤어요. 약을 먹으면 병에 걸렸다는 사실이 실감 나고 스스로 나약하다는 느낌을 받아서일까? 아니면 약 없이 병을 이겨내야 진짜로 건강해졌다고 생각해서? 혹시 약이 가져올 수 있는 부작용이 무섭거나 꾸준히 복용해야 한다는 것이 번거롭기 때문일까?

저에게 이런 고민이 중요했던 이유는 생각보다 많은 사람이 각기 다른 이유로 처방 받은 약을 제대로 복용하지 않기 때문입니다. 환자가 의사의 처방에 따르는 일관성과 정확도를 전문 용어로 '약제 순응도'라고 하는데, 이는 다양한 만성 질환에서 환자의 예후를 결정하는 중요한 요소 중 하나입니다. 현장에서 많은 환자들을 만나면서 놀라웠던 건, 약제 순응도가 좋지 않은 환자들 중에 병에 좋다는 음식이나 각종 건강 기능 식품을 비싸게 구매해서 꾸준히 먹는 사람들이 많다는 사실이었어요. 이건 약을 먹지 않는 게 단순히 번거로워서는 아니라는 뜻이었죠.

정기적으로 의사를 만나고 처방 받은 약을 복용하면서 몸에 좋은 식재료를 챙겨 먹는 건 좋습니다. 과식하지 않고 골고루 먹되 본인에게 잘 맞는 음식을 선택하고, 잘 맞지 않는 음식을 피하는 건 평생 가져야 할 건강한 식습관 중 하나거든요. 또 식단을 건강하게 조절하다 보면 자기 통제감을 회복할 수 있습니다. 만성 질환 진단을 받은 많은 환자가 우울과 무력감을 느끼는데, 이런 상황에서 본인이 주도적으로 식단을 조절하는 건 자기 조절감과 통제감 회복에 도움이 될 수 있어요. 여기에 꾸준한 운동까지 더한다면 더할 나위 없이 좋겠죠.

다만 제가 우려하는 건 약이 반드시 필요한 상황인데도 약은 먹지 않고 병에 좋다는 특정 식재료나 건강 기능 식품에만 매달리는 경우에요. 약에 대한 오해와 불신에서 비롯되는 이런 선택 때문에 많은 환자가 제때에 치료받을 기회를 놓치곤 합니다.

한 중년 여성 환자가 있었어요. 처음 병원에 왔을 때부터 혈당이 매우 높아서 당뇨병이 진단됐어요. 그래서 이제부터 지켜야 할 식습관과 적절한 운동법을 알려드리고 약을 처방한 다음 3개월 뒤에 만나자고 했죠. 조금 충격 받은 것처럼 보였지만 눈빛에 의지가 있었기 때문에 함께 잘 이겨낼 수 있을 것 같았어요.

그런데 환자가 약속한 날에 병원에 오지 않고 한참이 지나서야 온 거예요. 환자가 진료실에 들어오기 전에 검사 결과를 봤는데 지난번보다 더 안 좋아진 상태였어요. 만성 질환은 조절이 안 되는 상태에서도 증상이 거의 없는 경우가 많아요. 그래서 이렇게 내원할 때를 놓쳐도 증상이 없어서 괜찮겠거니 하고 오지 않는 분이 있죠. 하지만 몸 속 기관과 기능이 조절되지 않는 시간이 길어질수록 몸의 손상은 깊어지고, 합병증의 가능성은 점점 올라갑니다.

환자와 가볍게 인사를 나눈 다음, '그동안 어떻게 지내셨길래 이렇게 늦게 오셨냐'고 물어봤어요. 환자는 조금

머뭇거리다가, 주변에서 당뇨병에 돼지감자랑 여주차가 좋으니 약보다 그걸 먼저 먹어보라는 조언을 들었다고 하더라고요. 그래서 부작용이 있을지 모르는 약을 먹기 전에 식품으로 치료해보기로 하고 진짜 열심히 챙겨 먹었다는 거예요. 돼지감자랑 여주로 해 먹을 수 있는 건 정말 다 해서 먹었대요. 그래서 솔직히 조금은 좋아졌기를 기대했다면서 실망한 표정을 보였어요. 많은 사람이 이 환자와 같은 실수를 하면서 자기 몸에 주어진 소중한 시간을 헛되이 흘려보냅니다.

> **처방 | 과학의 선물**

세종대왕이 52세에 당뇨병인 소갈병[*]으로 사망했어요. 심지어 돌아가시기 8년 전부터는 눈도 안 보이고, 말년에

---

[*] '소(消)'란 '태운다(燒)'는 뜻으로 열기가 몸속의 음식을 잘 태우고, 오줌으로 잘 나가도록 하는 것을 뜻한다. '갈(渴)'이란 '자주 갈증이 난다'는 뜻이다. 이름에서처럼 소갈병은 음식을 자주 먹고, 갈증이 나며, 오줌을 자주 누는 증상을 보인다. (신동원, 김남일, 여인석, 『한권으로 읽는 동의보감』, 들녘, 2012)

는 혈관 합병증인 당뇨병성 족부병증으로 보행도 어렵고 부기로 고생하다가 돌아가셨다고 해요. 지금처럼 간단한 약 처방이 가능했다면 훨씬 더 장수하셨을 텐데 말이죠. 실제로 2018년에 27만 명을 대상으로 진행한 연구에서 당뇨병 환자들이 약을 먹으면서 의사들이 이야기하는 다섯 가지 정도의 지표들을 잘 관리하면 당뇨병이 없는 분들만큼의 건강수명*을 살 수 있었어요.[1]

그때 세종대왕이 소갈병에 좋을 거라고 이야기하는 음식들을 안 드셨을까요? 조선팔도의 몸에 좋다는 것들은 다 드셨겠죠. 하지만 그 모든 날것 그대로의 식재료 중에서 당뇨병을 조절하기 위해서만 존재하는 건 없었던 거예요. 수많은 성분 중에 당뇨병에 좋은 성분도 일부 포함되어 있었겠죠. 하지만 대부분 좋은 성분은 아주 소량 들어 있어서 단순한 섭식만으로 효과를 보기는 어렵습니다. 오히려 너

* 세계보건기구(WHO)가 종래 발표하던 '평균수명'에 '수명의 질'이라고 할 수 있는 건강 상태를 반영한 것으로, 평균수명에서 병이나 부상 등의 '평균 장애 기간'을 차감한 기간이다. 즉, 질병의 경중에 따라 건강이 좋지 않았던 햇수를 산출, 이를 전체 평균수명에서 뺀 것으로 사망 시까지 순수하게 건강한 삶을 살았던 기간을 말한다. (《시사상식사전》, 박문각)

무 많이 먹으면 함께 들어 있는 다른 수천수만 가지의 성분들 때문에 몸에 독성을 더할 수 있어요. 가장 좋은 방법은 당뇨병에 좋다는 식재료에서 좋은 성분만 아주 조심스럽게 추출하는 거예요. 몸에 안 좋은 성분은 빼고 좋은 성분만으로 충분히 효과를 얻을 수 있도록 하는 거죠.

우리에게 살기 좋은 환경은 잘 가꾸어진 공원이나 정원이지 날것 그대로의 아마존 밀림은 아닐 거예요. 바로 그렇게 신경 써서 잘 가꾼 정원이 약인 겁니다.

사과나무 껍질을 그냥 먹으면 설사를 일으키고 아주 괴롭지만, 거기에는 혈당을 낮추고 심장을 보호해주는 성분이 들어 있습니다. 그 성분만 추출해서 농축한 게 현재 전 세계적으로 많이 쓰이고 있는 당뇨병 약인 'SGLT2 억제제'예요.

잎새버섯이나 누에에도 혈당을 떨어뜨리는 효과가 있다고 해서 연구를 해보니, 그 안에 우리 장에서 탄수화물을 분해하는 데 필요한 효소를 억제하는 물질이 들어 있었어요. 그래서 이것들을 섭취하면 우리가 먹은 밥이 아주 작은 단위인 당으로 분해되는 정도가 줄어서 자연스럽게 흡수량이 줄고, 식후 혈당이 덜 오르는 거죠. 의사들은 이미 오래전부터 이 성분만 추출해서 '알파글루코시다제 억제제α-glucosidase inhibitor'라는 약으로 만들어 사용하고 있었어요. 지금은 이 성분보다 혈당을 잘 떨어뜨리면서 심장이나 콩팥을 보호해주는 약이 많이 나와 있습니다.

약품도 특정 식재료 속 한 성분인 경우가 많아요. 이런 약을 만드는 데 평균적으로 15년의 시간과 2조 6천억 원 정도의 돈이 듭니다. 특히 만성 질환에 대한 약은 안전성이 무엇보다 중요합니다. 약을 먹는 환자들이 이미 심장이나 콩팥, 혈관 건강이 안 좋은 경우가 많기 때문이죠. 건강한 사람부터 나이 들고 병든 사람까지 수만 명의 사람들이 약을 먹어보고 약의 부작용과 건강상의 이득을 저울질합니다. 약은 이렇게 많은 이들의 노력과 감시 속에서 만들어지기 때문에 잘 사용하면 아주 분명한 효력이 있어요. 약은 말 그대로 우리를 더 건강하고 더 오래 살게 해주는 힘인 거예요. 그래서 더 잘 써야 하고, 꼭 써야 될 경우에는 적당한 양을 적정 기간만큼 사용해야 합니다.

의사가 꼭 필요하다고 하는 약이라면 두려워하지 말고 드세요. 부디 특정 식재료나 건강 기능 식품에 매달리지 않기를 바랍니다. 대부분 더 비싸고 효과가 적거나 없답니다.

대부분의 만성 질환 약은 환자의 생활이 바뀌어서 체중이 빠지고, 식이가 건강해지면 중단하거나 줄이는 경우가 많습니다. 다만 그날이 언제 오는지, 정말 오는지 아무도 알 수 없기 때문에 적어도 의사가 권하는 기간만큼은 꼭 지켜서 복용해주세요. 우리 모두가 음식을 골고루 먹으면서도 소식하고, 운동을 통해 체중을 엄격하게 관리할 수는 없기 때문에 약은 건강수명을 늘릴 수 있도록 해주는 과학의 선물일지도 모릅니다.

보청기를 싫어하시나요?

진료실에서 환자에게 '보청기 하셔야겠는데요?'라고 했을 때 좋은 반응이 되돌아오는 경우는 지극히 드뭅니다. 제 경험으로 봤을 때 감히 '없다'고 말해도 될 정도예요. 보청기 얘기를 꺼내는 순간 진료실 분위기가 침울해지는 건 감수해야 합니다. 마치 어떤 선고라도 받는 표정을 짓고 있는 환자의 얼굴을 보고 있으면 무슨 말을 해야 할지 아득한 기분이 들어요. 반대로 '아직 보청기 하실 정도는 아니네요'라고 말하면 그렇게 좋아할 수가 없어요. 이건 젊은 사람들만의 이야기는 아니고, 백발이 성성한 분들도 어김없이 기뻐하세요.

그래서 보청기를 해야 하는 환자에게는 먼저 심심한 위로의 말을 전합니다. 보청기를 끼는 게 전반적인 노화와는 관계가 없다는 말부터 최근에는 10대 중에도 이만큼 귀가 좋지 않은 친구들이 있다는 말까지 환자의 기분이 풀어질 수 있는 말이라면 다 해요. 그런데도 손을 내저으며 '나는 보청기 같은 거 필요 없어!', '내 친구가 보청기 했는데 불편해서 안 쓴대!'라는 말을 하고 무작정 나가버리는 분도 아주 많습니다.

그럴 때마다 정말 안타까운 마음이 들어요. 단순히 저의 의견이 거절당해서가 아니라, 난청 환자에게 보청기 사용이 얼마나 유익한지, 근래 보청기 사용이 얼마나 많이 편해졌는지를 알려드리지 못했기 때문입니다. 어쩌면 이 책을 읽는 분들도 보청기에 왠지 모를 거부감을 느끼실 수 있어요. 그렇기 때문에 꼭 이 얘기를 해야겠습니다. 아주 잠시만 귀를 기울여주세요.

난청은 말 그대로 듣기 어렵다는 뜻이고 난청 환자는 소리를 잘 듣지 못하는 사람을 말합니다. 소리를 잘 듣지 못하면 위협이 될 만한 신호를 놓치게 되기 때문에 상당히 위험합니다. 실제로 난청이 있는 분들은 보험에 가입할 때도 사고로 인한 손상이나 질환에 대한 보장이 거의 되지 않아요. 생각해보세요. 차나 자전거가 달리는 소리를 듣지 못한다면 당연히 사고 날 확률이 올라가겠죠?

난청이 심각한 수준이 아니라고 해서 불편이 발생하지 않는 건 아닙니다. 난청이 아주 조금만 진행되었더라도 무조건 불편을 겪어요. 우선 시끄러운 환경에서 대화를 하기가 어려워집니다. 그게 뭐 대수인가 싶을 수도 있겠지만, 대부분의 친밀한 대화는 식당이나 카페 또는 TV 앞과 같은 어느 정도 소음이 있는 환경에서 이루어지잖아요. 남들은 다 알아듣는 말을 나만 못 알아듣는다면 어떨까요? 처음 한두 번은 그저 남들 웃을 때 따라 웃으면서 넘어갈 수 있지만 그 상황이 자꾸 반복된다면 그런 자리를 아예 피

하게 될 수 있습니다. 이건 난청으로 인해 사회적인 소외
감을 느끼게 될 수도 있다는 뜻입니다. 나이가 많아질수록
사회적 소외감이 우울증으로 이어질 가능성이 높아진다
고 해요.

젊은 나이에 난청이 생기면 업무에 어려움을 줄 수 있
습니다. 남들이 다 들은 지시 사항을 나만 모르고 있다면
당연히 그럴 수밖에 없죠. 학생에게는 학업 문제가 생길
수 있습니다. 예전에는 양측 귀가 전화를 받기 어려운 수
준의 심한 난청일 경우에만 이런 문제가 나타날 수 있다
고 했어요. 하지만 최근 연구에 따르면 가벼운 정도의 난
청이어도, 난청이 한쪽 귀에만 있어도 학업에 어려움이 생
긴다고 밝혀졌습니다.

난청은 이외에도 수많은 문제를 일으킵니다. 그중 가장
무서운 문제는 치매로의 이환율*을 높이는 거예요. 난청
과 치매가 무슨 상관이 있는지 얼핏 잘 이해가 되지 않을
수 있어요. 청각은 우리의 오감 중 하나입니다. 밥 짓는 소
리, 벌레 날아다니는 소리, 빗소리 등 우리 주변을 쉴 새

---

* 병에 걸리는 비율.

없이 둘러싸고 있는 수많은 소리를 쉽게 찾을 수 있죠. 우리는 소리를 통해 기억과 유추를 하게 되고, 그 결과 밥이 지어지고 있는지, 벌레가 들어왔는지, 비가 오는지와 같은 정보를 습득하게 됩니다. 이렇게 뇌를 복합적으로 사용해야 얻을 수 있는 정보는 아주 강력하게 우리의 뇌를 자극합니다. 치매를 예방하기 위해 손을 자꾸 써야 한다거나 고스톱을 쳐야 한다는 얘기를 듣는데, 사실 주변 소리들을 제대로 듣는 게 다른 방법들보다 훨씬 중요합니다.

처방 | 보청기를 안경처럼

난청의 유병률*은 얼마나 될까요? 대부분은 평생 난청 없이 잘 살 수 있는데 이비인후과 의사가 괜히 겁을 주는 건 아닐까요?

안타깝게도 그렇지 않습니다. 65세에서 75세의 25~40퍼센트, 75세 이상의 38~70퍼센트 정도에서 난청이 나타

---

* 어떤 시점에 일정한 지역에서 나타나는 그 지역 인구에 대한 환자 수의 비율.

납니다. 최근에는 이어폰 사용 등의 행태 변화로 인해 난청이 발생하는 연령이 낮아지고 있으며 난청 환자의 수 또한 늘고 있습니다.[2]

공교롭게도 시력 저하로 인한 안경 사용자들의 비율 또한 인구의 절반을 넘긴 지 오래입니다. 안경과 보청기의 차이라면 '안경 쓰셔야겠는데요?'라는 말을 들었을 때 대부분 바로 수긍하고 안경을 맞춘다는 거예요.

생각해보면 참 이상한 일입니다. 눈이 안 보여서 안경을 끼는 것과 귀가 안 들려서 보청기를 끼는 건 어찌 보면 같은 일 아닐까요? 시각과 청각은 모두 오감 중 하나이니까요. 그런데 왜 사람들은 보청기에 유독 심한 거부 반응을 보일까요?

여기엔 몇 가지 이유가 있습니다. 안경은 13세기에 등장했어요. 인류가 안경이라는 물건에 적응하는 시간이 무려 800년 가까이 있었던 거예요. 현재 우리가 사용하는 안경은 착용하는 즉시 보이지 않던 물체를 볼 수 있습니다. 그렇지만 보청기의 역사는 안경에 비해 매우 짧아요. 전기 보청기가 나온 건 무려 19세기 후반입니다. 초창기의 보청기는 착용하는 즉시 잘 들리지도 않았고 오히려 더 불편했어요. 지금까지 보청기에 대한 편견으로 남아 있는 많은 것들이 아마도 초창기 보청기의 성능 때문일 거예요.

이비인후과 의사인 저도 보청기의 낯선 인상에 대해서는 뭐라고 말하기가 어려워요. 다만 이비인후과학회 차원에서 보청기의 대중화를 위해 최선을 다하고 있고, 저도 인식 개선의 한 축을 담당하겠다는 말씀을 드립니다.

다행히 보청기가 불편하다는 편견에 대해서는 할 말이 있습니다. 소위 아날로그형 보청기 시대에는 불편한 점이 아주 많았어요. 청력이 같은 사람이라도 각자 들리는 주파수가 다른데, 예전 보청기는 그냥 무작정 소리를 증폭하기만 했거든요. 그러다 보니 목소리가 울리거나 삑삑거리는 소리가 나는 등 문제가 뒤따랐습니다. 그러나 디지털 보청기가 개발되고 주파수별로 소리를 조절할 수 있게 되면서 이런 불편은 대부분 개선되었습니다. 물론 보청기를 맞추자마자 잘 들을 수 있다면 거짓말이겠지만, 보청기를 맞춘 병원에서 개인별 피팅을 열심히 받는다면 큰 불편 없이 청력을 개선할 수 있습니다.

단순히 보청기가 불편하고 꺼려진다는 이유로 사용하지 않기에는 보청기로 인한 유익이 매우 커요. 보청기를 이용해 난청을 보정하게 되면 치매 유병률이 정상 청력군 정도로 떨어진다는 사실은 이미 밝혀져 있습니다. 즉 난청이 있을 때 보청기를 사용하면 다양한 사고의 위험이 줄어드는 것은 물론이고 사회적 소외감의 극복과 치매 예방에도 도움이 됩니다.

저를 비롯한 이비인후과 의사들이 보청기를 안경처럼 인식할 수 있도록 계속 노력할 테니, 여러분도 보청기에 대한 거부감을 조금만 줄여주시면 좋겠습니다.

정신건강의학과 진료가 두려운 당신에게

정신건강의학과를 보는 시선이 이전과는 많이 달라졌다고 하지만, 아직도 많은 이가 진료를 망설이고 있습니다. 정신과에 대한 부정적인 인식을 바꾸기 위해 정신건강의학과로 명칭을 변경하고 일부 질환의 진단명을 바꾸는 등 학회 차원에서 많은 노력을 하고 있지만, 병원을 찾는 건 여전히 많은 용기가 필요한 일처럼 보여요.

「2016년도 정신질환실태 조사」에 따르면 평생 정신 질환으로 고통받는 사람이 우리 국민의 25퍼센트 이상인데, 아직도 정신 질환을 나와는 먼 이야기로 생각하는 경우가 많은 것 같아요. 정신건강의학과에 찾아오는 환자는 특별하고 낯선 사람이 아니라 내 주변에 있는 누군가이거나 나 자신일 수도 있습니다.[3]

정신 질환에 대한 부정적인 인식 때문에 전문가의 도움을 받기보다 스스로 치료할 방법을 찾는 분들이 굉장히 많습니다. 우울하고 불안해서 죽고 싶다는 생각이 들 때 병원보다 심리학 책을 찾는 분들이 많은 것처럼요. 자살 충동과 폭식증, 지속되는 무기력감 등 심한 우울증 증상이 수년간 있었는데도 심리 관련 서적과 자기계발서만 수십 권 찾아 읽다가 처음 병원을 찾는 분도 봤습니다. 물론 지치고 힘들 때 위로가 되고 좋은 영향을 주는 책도 많아요. 저 또한 심리학 책을 좋아하기 때문에 진료를 받으러 오는 환자나 지인에게 좋은 책을 추천하기도 합니다. 하지만 일상생활에 큰 영향을 미치는 정신 질환을 치료하기 위해서는 먼저 병원에 방문해야 합니다.

불안감과 우울감, 불면증을 해소하기 위해 술을 마시는 사람도 있습니다. 정신건강의학과에서는 이를 자가 투약 self-medication이라고 하는데, 술을 일종의 치료제로 사용하는 거예요. 술을 마시면 우리 뇌 속의 보상회로가 자극을 받게 되고, 이때 도파민*이 분비됩니다. 술로 인해 발생하는 도파민은 일상생활에서 느끼는 소소한 행복과 비교할 수 없을 정도로 강렬하고 자극적인 쾌락을 줍니다. 이렇게 술이 주는 쾌락에 길들여진 뇌는 웬만한 자극에는 만족하지 못해요. 우리는 누구나 보상회로를 가지고 있기 때문에 술

---

* 뇌의 신경 전달 물질로 보상 체계, 의욕 체계, 주의력, 공격성, 학습 등과 관계가 있다. (대한신경정신의학회, 『신경정신의학』, 아이엠이즈컴퍼니, 2017)

에 중독될 수 있고, 이는 더 심한 우울과 불안감, 나아가 자살 충동까지 일으킬 수 있습니다.

흔히 우울증, 불안증과 같은 정신 질환을 '마음의 병'이라고 부릅니다. 그러나 '마음의 병'이라는 말은 마치 마음대로 증상을 조절할 수 있다는 느낌을 주고, 마음이 약해서 생기는 병, 강하게 마음먹으면 쉽게 극복할 수 있는 병이라는 잘못된 인식을 줄 수 있습니다. 사실 정신 질환은 마음의 병이 아니라 뇌의 병이라고 부르는 게 더 정확합니다.

예를 들어 우울증은 세로토닌*을 비롯한 뇌 속의 다양한 신경 전달 물질이 불균형을 일으켜 발생하는 질환입니다. 항우울증 약물은 이런 불균형을 조절하면서 우울증을 호전시켜요. 또 뇌의 전전두엽은 우리의 감정과 행동을 조절하고 계획하며 실행하는 데 관여합니다. 우울증이 발생하면 의욕과 집중력이 떨어지고 무엇을 해야 할지 갈팡질팡하는 증상이 생기는데, 이는 전전두엽의 기능 저하와 관

---

* 불안, 우울, 수면, 섭식, 통증, 체온 조절, 심혈관 반응, 성행위 등의 기본적인 생리 현상들과 관계가 있는 신경 전달 물질. 여러 정신 질환의 원인에 관여하는 것으로 여겨지며 특히 우울증과의 관계는 매우 중요하다. (앞의 책)

련이 있습니다. 정신건강의학과에서는 이를 치료하기 위해 자기장으로 뇌의 기능을 항진시키는 경두개 자기자극법TMS을 쓰기도 합니다.

요즘 간단한 심리테스트나 MBTI 성격유형검사가 화제가 되고 있죠. 본인의 성격이나 심리에 대해 많은 사람이 관심을 가지고 궁금해하기 시작한 건 매우 긍정적인 변화라고 생각합니다. 조금 더 나아가 본인의 정신 건강에 대해서도 많은 관심을 갖고 들여다보는 시간을 가지면 좋겠습니다.

장염이 생기면 내과에 가고 근육이나 관절에 통증이 생기면 정형외과에 가는 것처럼, 불안하고 우울하면 망설임 없이 정신건강의학과로 오세요. 아플 때뿐만 아니라 검진을 위해서도 병원에 가는 것처럼, 정신건강의학과에도 본인의 상태를 확인하러 편하게 오시면 좋겠습니다. 또한 어려움을 겪고 있는 친구나 가족에게 부담 없이 진료를 권해보세요. 저도 유튜브를 포함한 다양한 매체를 통해 정신건강의학과에 대한 선입견을 없앨 수 있도록 열심히 노력하겠습니다. 그건 제가 닥터프렌즈를 시작한 이유이기도 하니까요.

정신건강의학과에 처음 방문하는 분들은 대부분 진료에 대한 궁금증과 불안감이 높아요. 다른 과에 비해 공개된 정보가 부족한 정신건강의학과 특성상 환자에게 정말 많은 질문을 받게 됩니다.

어떤 환자는 아무리 생각해도 힘든 일이 전혀 없는데 왜 우울하고 불안한지 의문스러워합니다. 본인보다 힘든 상황에 있는 사람들이 더 많은 것 같은데 고작 이런 일로 병원에 방문해도 되는지 물어보기도 하죠. 또 다른 환자는 힘든 원인이나 상황은 그대로인데 정신건강의학과 치료를 받는다고 크게 달라질 게 있는지, 치료가 근본적인 해결책이 되는지 의문을 제기하기도 합니다.

꾸준한 치료로 호전되고 있는 환자 중에도 여전히 불안해하는 분들이 있어요. 스스로의 의지나 노력이 아닌 약물 치료 등의 외부 요인에 의해서 증상이 좋아졌다는 사실에 불편한 감정을 느끼는 거예요. 이외에도 약물 치료는 한번 시작하면 평생 해야 하는지, 정신 질환 증상이 대부분 만성으로 진행되는지 걱정하는 환자도 많습니다. 가끔 가족이나 친구의 말이 환자가 치료를 지속하는 데 방해가 되기도 해요. '우울증은 의지가 약해서 생기는 병이니 의지로 이겨낼 수 있다', '밖에 나가서 사람들도 만나고 운동도 해야 좋아진다'는 이야기를 듣고 오시는 경우도 많아요.

処方 | 망설이지 말아요

어딘가에 부딪혀서 다친 것도 아니고 심한 운동을 한 것도 아닌데 원인 모를 근육통이 생겼을 때, 혹은 갑작스럽게 기침이나 콧물 등의 감기 증상이 있을 때 우리는 병원에 가서 진료를 받죠. 이처럼 정신건강의학과도 다른 병원과 똑같이 이용하면 됩니다. 또한 남과 자신을 비교하지 말고 평상시의 나와 지금의 나를 비교했을 때 지금이 더 힘들고, 일상생활을 유지하기 어렵다면 병원에 방문해야 합니다.

치료를 받아도 본인이 처한 문제 상황은 그대로일 거라는 이유로 증상을 방치하다 보면, 특정 상황을 인지하는 시선이 부정적으로 왜곡되면서 증상이 더욱 악화될 수 있습니다. 부정적인 상황에 자주 노출되고 스트레스를 받으면 신경 전달 물질에 교란이 생기면서 우울증이나 불안증 등의 정신 질환이 유발되는데, 대부분의 정신건강의학과 약물은 이런 증상을 치료합니다.

정신 질환은 유전적, 환경적, 생물학적인 다양한 요인에 의해 발생하는 질환입니다. 본인의 의지로 혈압과 혈당을 낮추기 어려운 것처럼 정신건강의학과적인 증상도 마찬가지입니다. 개인의 노력만으로 증상을 호전시키기는 굉장히 어렵기 때문에 꾸준한 치료가 중요합니다. 고혈압이나 당뇨가 있을 때 식이 조절이나 운동 등의 생활 습관 교정이 필수적인 것처럼 정신 건강에도 운동이나 명상, 규칙적인 수면 습관 등이 굉장히 중요해요. 또한 종교적인 믿음이 우울증 호전에 도움이 된다는 연구 결과도 있습니다. 여기서 강조하고 싶은 건 이런 노력을 치료와 병행해야 한다는 겁니다.[4]

정신 질환의 종류는 다양합니다. 고혈압이나 당뇨처럼 평생 관리해야 하는 질환이 있고, 감기처럼 단기간 치료로 좋아지는 질환도 있어요. 완치가 된 후에 재발하는 정신 질환도 있고요. 요즘 정신 질환으로 고통받았던 상황을 고백하고 치료 경험을 공유하는 책들이 많아졌습니다. 이런 책들이 많은 사랑을 받는다는 건 역으로 아직 많은 사람들이 정신건강의학과 치료를 망설이고 있다고 생각하게 합니다. 모든 의료 영역에서 조기 진단과 조기 치료가 증상의 호전과 회복에 매우 중요한 역할을 합니다. 만일 가족이나 지인 중 누군가가 정신건강의학과 치료를 받고 있다면 따뜻한 시선으로 바라보고 많이 응원해주세요. 정신 질환은 스스로의 의지만으로 이겨내기 어려운 질환입니다. 무심코 던진 말이 환자의 마음에 상처를 주고 치료에 대한 의지를 꺾어버릴 수 있어요. 그게 누구든 환자가 치료를 포기하지 않도록 곁에서 도와주세요.

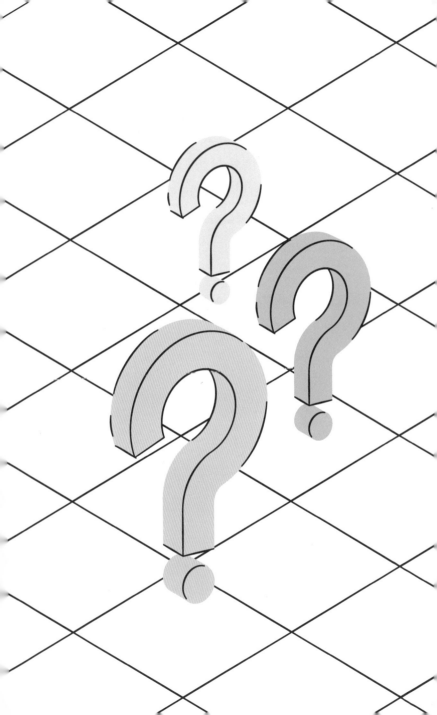

2장

친절한 Q&A, 무엇이든 물어보세요

"어디가 아파서 오셨어요?"

안녕하세요, 이비인후과 전문의 이낙준입니다.

어쩌면 이비인후과는 닥터프렌즈를 이루고 있는 세 개의 진료과 중에서 가장 익숙한 과일지도 모르겠어요. 살면서 한 번도 코가 막혀보지 않거나, 목이 아파보지 않거나, 귀가 가려워보지 않은 사람은 없을 테니까요. 이비인후과는 말 그대로 귀, 코, 목에 관한 병리를 다루는 과입니다. 귀, 코, 목은 각기 전혀 다른 감각인 청각, 후각, 미각을 다루지만 해부학적으로는 긴밀하게 이어져 있어서 서로 지대한 영향을 주고받는 기관들이지요. 이 기관들은 모두 감각기이기 때문에 문제가 생기면 바로 불편을 느낄 수밖에 없습니다.

귀가 잘 들리던 사람이 갑자기 소리를 못 듣게 됐다면 어떨까요? 좋아하는 가수의 노래를 듣지 못하는 것은 물론이고 친구들과도 대화하기 어렵겠죠. 그런 일이 어디 흔하겠나 싶지만 생각보다 훨씬 흔히 일어나는 일입니다. 비단 돌발성 난청이나 중이염 등에 의해서만 벌어지는 일이 아니라, 나이가 들수록 귀가 잘 들리지 않게 돼요. 60세 이상에서는 난청이 그리 드문 일이 아니에요. 난청을 가속화시키는 요인은 소음인데, 병원에 오면 소음의 악영향과 대처법을 알려드려요. 물론 난청이 생겼을 때는 원인에 맞는 치료를 해드리고요.

문제가 생겼을 때의 불편 정도로만 따지면 코는 더 심각합니다. 코는 냄새를 맡는 기관이면서 동시에 숨을 쉬는 기관이죠. 냄새는 맛에 결정적인 영향을 주기도 하지만 우리의 뇌가 본격적인 유추와 상상을 하도록 이끄는 자극이기 때문에 더욱 중요합니다. 냄새 맡는 능력을 보존하는 것이 치매 예방과 연관이 있다는 보고도 있어요. 하지만 갑자기 코가 막히면 냄새를 맡지 못하는 것보다 숨을 못

쉬게 되는 불편감이 더 크게 다가옵니다. 이비인후과에 오시면 각 증상에 맞는 치료를 받을 수 있고, 때에 따라서 진찰과 동시에 증상을 해결하기도 합니다.

미각은 아직 미지의 영역입니다. 대부분의 사람들이 어떻게 맛을 느끼는지에 대해서는 아주 잘 알고 있지만, 치료하기는 매우 어려워요. 그나마 다행인 것은 미각 문제의 가장 흔한 원인이 구강 건조증이기 때문에 시도해볼 수 있는 방법이 있다는 사실입니다.

여기까지 읽어보셨다면 대체 왜 이비인후과가 정신건강의학과나 내과보다 먼저 등장했는지 이해가 될 겁니다. 그만큼 이비인후과는 여러분의 삶과 아주 밀접한 관련이 있어요. 그럼 다음 페이지에서 좀 더 자세한 상담을 나눠봅시다.

졸리지 않은
비염 약이 있나요?

알레르기 비염이 심한 수험생입니다. 콧물이 물처럼 흐르고 시도 때도 없이 재채기가 나요. 게다가 숨 쉴 때마다 코에서 소리가 나서 신경이 쓰입니다. 저처럼 병원에 자주 갈 수 없는 사람들을 위한 졸리지 않은 비염 약은 없을까요?

비염 환자들은 일상생활에 크게 방해를 받습니다. 흐르는 콧물 때문에 코를 계속 훌쩍거리다 보면 집중력이 떨어지고, 코가 막혀서 숨 쉬기가 어려워지면 머리에 충분한 산소가 전달되지 못해요. 이럴 때면 해당 증상들을 가라앉히는 약을 먹어야 하는데, 대부분 약을 먹으면 졸릴까 봐 걱정합니다.

실제로 약국에서 쉽게 사 먹을 수 있는 비염 약 또는 코

감기 약은 졸린 경우가 굉장히 많습니다. 그러다 보니 비염 약은 졸리다는 편견을 갖기 쉽죠. 하지만 알레르기 비염의 경우 이미 졸리지 않은 약이 나와 있어요. 일례로 비행기 조종사들은 졸린 약을 절대 먹으면 안 되는데, 그분들이 드셔도 되는 약이 바로 펙소페나딘fexofenadine이라는 성분입니다. 펙소페나딘은 졸리지 않는 대신 효과가 조금 미비할 수 있어서 이를 보조하기 위해 슈도에페드린pseudoephedrine과 항류코트리엔제antileukotrienes를 함께 처방합니다. 슈도에페드린은 코 점막의 부기를 해소시켜주는 약인데 항히스타민제와 함께 먹으면 서로 효과를 보조한다는 보고가 있어요. 다만 슈도에페드린은 졸릴 수 있는 약이니 처방 받을 때 주의해야 합니다.

가끔 이비인후과에 와서 이렇게 말하는 분이 있어요.

"코가 막혀서 답답해 죽겠는데 왜 콧물이 이거밖에 안 나오나요? 이비인후과 진료를 받으면 코가 뻥 뚫려야 하는 거 아닌가요?"

많은 비염 환자가 코막힘의 원인을 콧물이라고 생각하는데, 그건 사실이 아닙니다. 코가 막히는 건 코 안쪽이 부어서 생기는 현상이에요. 비염이 심하면 콧물이 물처럼 흐르고 코가 자주 막히잖아요. 콧물과 코막힘 증상이 따로 나타나기도 하고요. 비염 증상 중 특히 코막힘이 심하다면 코 안쪽의 부기를 빼주는 슈도에페드린과 항류코트리엔제를 함께 드시면 됩니다.

먹는 약의 부작용이 걱정된다면 비염 스프레이를 사용해보세요. 현재까지 나와 있는 알레르기 비염 치료제 중에서 면역 치료용 약물을 제외하고 증상 조절률이 제일 높은 게 비염 스프레이입니다. 다만 사용한 지 3~5일부터 효과가 나타나기 때문에 즉각적인 효과를 바라는 분들은 답답하게 느낄 수 있어요. 처음에는 먹는 약과 함께 쓰다가 증상이 조금 호전되면 스프레이만 하루에 한 번씩 꾸준히 사용해보세요.

비염 스프레이는 아침이나 자기 전, 매일 동일한 시간에 뿌려야 해요. 생활 패턴이 불규칙하다면 머리맡이나 샴푸 옆에 놓고 쓰는 게 좋습니다. 만일 아침에 뿌렸는데 일과 끝내고 돌아와서 뿌렸는지 안 뿌렸는지 긴가민가하다면, 저녁에도 뿌리고 그다음 날 다시 아침에 뿌리는 패턴으로 돌아가도 별문제는 없습니다. 하루 두 번 정도까지는 괜찮아요.

진료 중에는 비염 스프레이를 사용하는 올바른 방법을 설명할 시간이 별로 없어서 이번 기회에 제대로 알려드리려고 해요. 먼저 꼭 코를 풀고 사용해주세요. 콧속에 콧물이 있으면 약이 안쪽으로 들어가지 않을 수 있어요.

검지와 중지로 스프레이를 잡은 뒤 분사되는 부분을 코에 깊숙이 넣고 고개를 숙이세요. 분사할 때는 코 가운데 방향이 아니라 바깥 방향으로 해야 합니다. 코 가운데에는 코를 지지하는 뼈인 비중격이 있는데 거기는 쉽게 건조해지는 부위이기 때문에 코피가 날 수 있어요. 콧구멍 두 개에 한 번씩, 코뼈 바깥 방향으로 숨을 참고 뿌려주세요. 만일 스프레이를 뿌릴 때 영화 속의 천식 환자들처럼 '흡' 하고 숨을 들이쉬게 되면 약물이 본인이 예상했던 지점보다 안쪽으로 들어가서 목으로 넘어갈 수 있고, 내쉬면 안으로 잘 들어가지 않게 됩니다.

스프레이는 콧속을 건조하게 만들기 때문에 코피가 날 수 있고 코딱지가 생겨서 통증이 있을 수 있습니다. 정말 드문 경우이지만 스프레이의 스테로이드 성분이 국소적으로 면역을 약화시킬 수 있어요. 스프레이 사용에 불편함이 없더라도 한 달에 한 번 정도는 병원에 방문해서 코 내부의 상태를 확인하는 게 좋습니다. 스프레이는 3년까지는 꾸준히 사용해도 큰 문제가 없다고 보고되어 있고 현재까지도 지속적인 연구가 진행되고 있습니다.[5]

한 가지 덧붙이자면, 병원에서 처방받아서 쓰는 비염 스프레이와 약국에서 처방전 없이 살 수 있는 비강 스프레이를 헷갈려 하는 분들이 많아요. 약국에서 파는 일반 비강 스프레이는 감기 환자에게 효과가 정말 좋거든요. 효과가 좋다니까 비염 환자도 이 약을 사서 쓰는데, 감기는 일시적이지만 비염은 장기적인 질환이라는 걸 잊지 말아야 합니다.

일반 비강 스프레이 제품에는 '일주일 이상 사용할 시 의사와 상담할 것'이라고 적혀 있어요. 이건 해당 제품을 일주일 이상 사용하면 안 된다는 뜻이거든요. 비염 환자의 경우 스프레이를 몇 주에서 몇 년씩 사용하는데, 일반 비강 스프레이를 그렇게 사용하면 도리어 약물성 비염이 생길 수 있습니다. 또 일반 비강 스프레이는 사용할수록 점막이 커지고 콧속이 좁아지게 돼요. 그럼 코가 더 막히겠죠. 비염에 처방하는 스프레이와는 아예 종류가 다른 거예요. 비염 스프레이는 오래 쓸 수 있게 만들어진 안전한 약품입니다.

✛ 안전하고 확실한 코 세척 순서

1. 약국에서 코 세척액과 주사기를 구매한다.

2. 코 세척액을 주사기에 넣는다.

3. 고개를 숙인다.

4. 고개를 한쪽으로 기울인다.

5. 주사기를 아래쪽 콧구멍에 넣는다.

6. 주사기 끝부분을 코 바깥쪽으로 두고 세척액을 넣는다.

7. 세척이 끝나면 고개를 뒤로 젖혔다가 다시 숙이고 좌우로 흔들어 콧 속에 들어간 세척액이 흘러나오도록 한다.

8. 반대 방향으로 1회 반복한다.

✛ 꼭 지켜야 할 두 가지

· 고개를 숙인 상태에서 세척액을 넣는다.

· 세척하는 동안 침을 삼키지 않는다.

비염 수술의 결과가
좋지 않을까 봐 걱정이에요

비염을 오래 앓았더니 축농증까지 생겼습니다. 계절이 바뀔 때마다 너무 힘들어서 수술을 받고 싶은데, 비염은 수술로 고칠 수 있는 병이 맞나요? 비염 수술을 받았던 주변인들 말로는 수술을 해도 별 차이가 없다고 해서 걱정입니다.

비염이라고 하면 주로 알레르기 비염을 생각하지만 미각 비염, 비후성 비염, 한랭성 비염, 혈관운동성 비염 등 굉장히 여러 종류의 비염이 있어요. 이렇게 종류가 다양한 만큼 비염을 수술로 고칠 수 있는지 한마디로 얘기하기는 어렵습니다. 게다가 비염은 치료 방법이 아닌 증상에 따라 분류되어 있기 때문에 본인이 어떤 증상을 가지고 있는지 먼저 살펴보는 게 좋습니다. 만약 코 가려움, 콧물, 콧물이

목 뒤로 넘어가는 증상이 제일 불편하다면 그건 신체 구조적인 문제가 아닐 가능성이 높아서 수술로 도움을 받기는 어려워요. 하지만 코가 막히는 증상이 가장 불편하다면 수술이 큰 도움이 될 수 있습니다.

코 안에는 우리가 들이쉰 공기를 폐 안으로 따뜻하고 습하게 들여보내기 위해 공기와 접하는 점막의 넓이를 최대한 넓게 만들어주는 비갑개가 있습니다. 비갑개는 상, 중, 하 세 부분으로 나뉘는데 그중 하비갑개가 주로 코막힘의 원인이 됩니다. 흔히 하는 비염 수술은 하비갑개의 크기를 줄여주는 수술이에요. 옛날에는 코에 가위를 집어넣어서 하비갑개를 잘랐다고 하는데, 이렇게 물리적으로 하비갑개를 제거하면 당장은 시원한 듯 느끼다가도 금방 다시 코가 막힌 느낌을 받는 '빈코 증후군'이 생깁니다. 비갑개가 있어야 공기를 따뜻하고 습하게 만들 수 있고 그래야 제대로 호흡할 수 있는데 아예 없애버리니까 문제가 생기는 거예요. 우리가 숨을 들이쉴 때 비갑개가 적당히 좁아야 거기서 발생하는 압력으로 인해 공기가 더 잘 들어오거든요. 요즘은 비갑개를 절개하지 않고 아래 세 가지 중 하나의 방법으로 수술을 진행합니다.

첫 번째는 레이저로 하비갑개를 태워서 크기를 줄이는 방법입니다. 이 방법의 장점은 통증이 적고 피가 거의 나지 않는다는 것이고, 단점은 재발이 빠르다는 거예요. 레이저로 점막의 표면만 태우기 때문에 6개월에서 1년 정도면 수술 부위가 다시 회복됩니다.

두 번째는 고주파입니다. 레이저보다 효과가 훨씬 좋지만 조금 더 아프고 피도 더 많이 납니다. 피 때문에 딱지가 앉아서 수술 후 약 2주 정도는 굉장히 불편할 수 있어요. 고주파는 레이저보다 재발이 드물고 1년 이상 효과가 지속됩니다.

마지막은 '마이크로 데브라이더'라는 기구를 이용해서 점막 안을 갈아내는 미세 절삭 수술이에요. 점막 안을 갈아내지만 바깥 구조물은 유지되기 때문에 빈코 증후군이 생기지 않고, 점막의 크기도 많이 줄어듭니다. 수술 후의 불편한 정도도 고주파보다 적고, 점막 표면의 손상이 없기 때문에 딱지가 앉지 않습니다. 이 수술은 2년 이상 효과가 지속된다고 보고되어 있는데, 수술 후 2년이 지났을 때 환자가 주관적으로 괜찮다고 판단하는 것뿐만 아니라 비강 통기도 검사(코 안에 공기를 보내고 그게 얼마나 잘 통과하는지 측정하는 검사)를 했을 때도 개선된 모습이 확인되었어요. 이 수술은 비교적 최근에 나온 수술이며 현재는 많은 이비인후과에서 시행되고 있습니다. 이처럼 비염 수술의 효과는 증상에 따라 다르고 수술로 굉장히 큰 도움을 받는 분도 많기 때문에 병원에 가서 상담을 받아보시길 추천합니다.[6]

코뼈가 휘면
꼭 수술해야 하나요?

이비인후과에 갔더니 코뼈가 휘었다고 수술을 하라고 합니다. 특별히 불편하거나 통증이 있지 않아도 꼭 수술을 해야 하나요? 코뼈는 왜 휘는 건가요?

'비중격 만곡증'은 코 가운데 뼈가 휜 것을 말합니다. 흔히 '코가 삐뚤어지도록 술을 마셨다'라는 말을 할 때 삐뚤어졌다고 말하는 곳이 바로 비중격이에요. 연구에 따라 다르긴 하지만 우리나라 사람 10명 중 6~7명은 비중격이 휘어 있다고 보고되어 있습니다. 이처럼 굉장히 흔한 병이지만 아직까지 명확한 원인이 밝혀져 있지 않아요. 병원에 오는 비중격 만곡증 환자들에게 혹시 어렸을 때 코가 부러진 적이 있는지 꼭 물어보는데, 별다른 외상이 없었는데도 휘어 있는 분이 굉장히 많습니다.

레지던트 시절에 비중격 만곡증에 관한 연구를 진행했던 적이 있어요. 환자의 수술 전후 코 내부 사진을 보면 휘어 있던 뼈가 전부 펴지고 좋아졌는데, 그에 비해 환자분의 주관적인 만족도가 별로 좋지 않은 거예요. 의사 입장에서는 당연히 육안으로 확인할 수 있는 휨의 정도가 수술 후 만족도에 가장 큰 영향을 미칠 거라고 생각했는데, 실제로는 환자 본인이 수술 전에 얼마나 불편을 느꼈었는지가 만족도를 결정하더라고요. 그때 비중격 만곡증은 의사의 객관적인 판단보다 환자의 주관적인 평가가 훨씬 중요한 병이라는 걸 알았죠. 결론적으로 의사가 보기에 뼈가 너무 휘어 있어서 불편하겠다는 판단을 하더라도, 환자 본인이 느끼는 불편이 없다면 수술할 필요는 없습니다.[7]

코뼈가 휘어 있으면 무엇이 가장 불편할까요? 아무래도 다른 사람보다 코가 더 잘 막히겠죠. 환자가 코 막힘 때문에 병원에 왔다면 먼저 코 안을 확인해봅니다. 만일 코뼈가 휘어서 내부가 좁아졌다면 약물 치료부터 시작해요. 코 막힘이 비염이나 다른 질환의 증상일 수도 있으니까요.

약도 먹고 스프레이도 뿌려봤지만 별 효과가 없고 여전히 한쪽만 계속 막혀 있다면 그때 수술을 권유하게 됩니다. 이렇게 수술을 결정하기 전에 약이나 스프레이를 써보면서 증상에 대해 다각도로 고민하는 것이 수술 후 만족도를 높일 수 있는 지름길입니다.

코뼈가 휘어 있을 때 생길 수 있는 다른 증상은 안면통과 두통입니다. 비중격 만곡증이 너무 심해서 휘어진 뼈가 반대쪽 코 외벽에 닿으면 바깥쪽으로 지나가는 감각신경을 누를 수 있어요. 머리가 아파서 두통약을 먹었는데도 해결이 되지 않거나 검사를 했는데도 원인을 찾을 수 없을 때 비중격 만곡증이 원인일 수 있습니다. 이런 경우 보통 삼차신경*의 두 번째 가지가 눌리게 되는데, 수술로 휘어진 코뼈를 펴주면 심각했던 두통이 깨끗하게 없어집니다.

또한 콧속이 좁아져 있으면 코를 한쪽으로 눌렀을 때 좁아진 쪽이 더 많은 자극을 받게 되고, 넓어진 쪽의 내부는 더 잘 마르기 때문에 쉽게 건조해지면서 코피가 지속

---

* 뇌 신경의 하나로, 얼굴 감각과 저작 운동을 담당한다. 눈, 위턱, 아래턱의 세 가지로 나뉜다고 해서 삼차신경이라고 부른다.

될 수 있습니다. 코 안쪽에 연고를 발라서 해결할 수 있다면 괜찮지만 만일 코피가 멎지 않는다면 수술을 하기도 합니다. 그 외에 축농증 수술을 할 때 비중격 만곡증으로 인해 수술 부위가 잘 보이지 않고 기구 진입이 어렵다면 먼저 휜 뼈를 편 다음 수술을 진행하기도 합니다.

유독 한쪽 코가 자주 막히거나 코피가 날 때, 두통의 원인을 알 수 없을 때 이비인후과에서 검사를 해보면 비중격 만곡증 수술이 필요한 상황일 수 있습니다. 물론 모든 수술은 비가역적이기 때문에 약물 치료를 먼저 해본 다음 결정해도 된다는 점을 잊지 마세요.

코골이와 수면 무호흡이
점점 심해집니다

코골이가 심해져서 고민입니다. 함께 살고 있는 가족에게 폐를 끼치는 건 당연하고, 잠에서 깼을 때 목과 입안이 건조하고 아파서 푹 잔 기분이 들지 않아요. 어떤 날은 코를 골다가 갑자기 숨을 쉬지 않아서 옆에 있던 사람이 흔들어 깨우기도 했어요. 어떻게 해야 할까요?

코골이와 수면 무호흡은 인류의 발전에 따라 악화되어 온 질환입니다. 사람은 말을 많이 할수록 혀가 커지고 부드러운 음식을 먹을수록 턱이 작아져요. 이런 변화로 인해 기도 내 공간이 좁아지면 수면 중 목젖이나 기도가 떨리면서 소리가 납니다. 현대인의 숙명이라고도 할 수 있는 코골이는 아주 흔한 질환이에요. 보통 20대 남성의 20퍼센트, 60대 남성의 60퍼센트가 코를 곱니다. 여성은 남성보다 코를 고는 비율이 조금 적지만 나이가 들수록 그 비율이 가파르게 증가합니다.

수면 무호흡은 코골이가 점점 심해지면서 수면 시에 기류가 원활하게 흐르지 못할 정도로 기도가 좁아지거나 막혀서 숨을 잘 못 쉬게 되는 상태를 이야기합니다. 이전에는 코골이와 수면 무호흡을 시끄럽지만 위험하지 않은 병이라고 여겼지만, 최근 여러 연구 결과에 따라 아주 적극적인 치료가 필요한 병으로 인식되고 있습니다. 코골이로 인해 가정과 사회에서 어려움을 겪을 수 있고, 수면 무호흡으로 인해 심장 및 뇌혈관 질환의 발생 가능성이 증가하기 때문입니다. 실제로 중증 수면 무호흡 환자의 경우 심혈관계 질환으로 인한 사망률이 그렇지 않은 사람에 비해 5배가량 높고, 사고나 암 등을 포함한 총 사망률은 4배가량 증가한다고 알려져 있습니다. 또 임상적으로 고혈압 환자의 50퍼센트가 수면 무호흡 증상이 있으며, 약에 잘 반응하지 않는 난치성 고혈압 환자의 83퍼센트에서 수면 무호흡이 관찰됩니다.[8]

수면 무호흡의 원인은 매우 다양한데, 첫 번째는 비만입니다. 살이 찌면 내장 지방이 늘어나면서 혀와 기도 주위의 지방 조직도 늘어나게 됩니다. 두 번째는 노화입니다. 나이가 들면 다른 부위와 마찬가지로 기도 주위의 근육도 약화됩니다. 젊을 때는 반듯이 누워도 기도가 눌리지 않도록 근육이 버텨주지만 나이가 들면 힘이 빠져서 더 잘 눌리게 되는 것이죠. 수치로 보면 35세 미만에서는 70퍼센트 정도 정상 소견을 보이지만, 65세 이상에서는 대략 5퍼센트 정도만 정상 소견을 보이고 무려 30퍼센트가 중증 수면 무호흡 증상을 보인다고 보고되어 있습니다. 세 번째는 구조적인 문제입니다. 턱이 너무 작거나 혀가 두꺼운 경우, 편도가 큰 경우에는 당연히 기도가 좁겠죠. 기도가 좁으면 자연스럽게 수면 무호흡의 발생 가능성이 커집니다.[9]

하지만 이런 원인을 가지고 있다고 해서 바로 진단할 수 없는 병이 바로 수면 무호흡입니다. 이름처럼 수면 중에 일어나는 증상을 봐야 하기 때문에 반드시 '수면다원검사'를 해야 해요. 수면다원검사는 수면 중에 일어나는 일을 여러 가지 방면에서 관찰하는 검사예요. 단순히 수면 무호흡의 횟수뿐 아니라 수면 자세, 수면의 깊이, 수면 도중의 호흡 노력, 사지의 움직임 등을 측정해요. 이를 통해 의사는 치료 가능성과 방식에 대해 판단합니다. 또한 수면 무호흡의 원인이 구조적인 문제일 가능성이 크다면 CT나 수면 내시경을 통해 수면 시 기도의 어느 부분이 좁아지는지를 확인합니다. 이는 수술을 고려할 때 큰 도움이 될 수 있습니다.

수면 무호흡은 환자의 상태에 따라 다양한 치료 방법 중 하나를 적용하게 됩니다. 모두에게 공통적으로 적용할 수 있는 방법은 체중 감량입니다. 살이 찌면 목둘레가 두꺼워지고 기도가 좁아지죠. 반대로 살을 빼면 기도가 넓어지고 복부 장기의 지방이 빠지면서 흉강 전체가 아래로 내려오게 됩니다. 그러면 폐와 상기도가 좀 더 탄탄해지는 효과가 생겨서 숨을 들이쉴 때 음압에 의해 기도가 좁아지는 걸 막아줘요. 실제로 10킬로그램을 감량했을 때 시간당 무호흡 횟수가 4분의 1 정도로 줄고, 20킬로그램 감량 시 절반 정도로 줄어든다는 보고가 있습니다. 물론 환자의 기저 체중과 수면 무호흡 정도에 따라 차이가 있겠지만 체중 감량 하나만으로도 상당한 효과를 볼 수 있습니다.

살 빼기가 너무 어렵다면 오늘 밤 당장 실천 가능한 방법도 있습니다. 바로 옆으로 누워서 자는 거예요. 수면 시간 동안 100퍼센트 옆으로 누워서 잤더니 전체 환자 중 절반의 무호흡 횟수가 반 이상 줄고, 그중 다시 절반은 무호흡이 아예 사라졌다는 보고가 있습니다. 주로 마르고 증상이 심하지 않은 젊은 환자에게서 더 효과가 좋은데, 그렇지 않은 환자에게도 상당한 효과가 있습니다. 어떤 방향으로 눕는 게 더 좋은지는 환자 각자의 기저 질환에 따라 다릅니다. 이론적으로는 심장이 덜 눌리는 오른쪽이 더 좋다고 하지만 우측에 근골격계 질환이 있는 사람이라면 왼쪽이 더 좋습니다. 사람은 수면 시 시간당 400번 이상 자세를 바꾸기 때문에 사실상 100퍼센트 옆으로 누워서 자는 건 불가능합니다만, 자세 고정을 위해 등 뒤에 베개를 받쳐두는 등의 방법을 고려해볼 수 있습니다.

두 가지 방법 외에도 지금 바로 해볼 수 있는 구강 근육 강화 운동이 있습니다. 말 그대로 혀를 내미는 근육과 입을 다무는 근육을 강화시키는 훈련입니다. 이 근육들을 강화시키면 입을 다물고 잘 수 있으며 동시에 혀가 뒤로 처지지 않게 됩니다. 이 운동의 효과는 상당히 좋아서 무호흡이 심하지 않은 환자의 절반 정도가 호전을 보인다고 알려졌습니다. 만약 운동이 부담스럽다면 물이 담긴 컵에

빨대를 꽂아서 불거나 풍선을 부는 활동도 도움이 됩니다. 보통 관악기를 연주할 때 이와 비슷한 기전의 운동을 하게 되는데, 실제로 관악기 연주자들 중에는 체형에 관계없이 일반인보다 코골이 또는 수면 무호흡 환자가 적다는 보고가 있습니다.

걷기나 탄력 스타킹 사용도 수면 무호흡 치료에 도움이 될 수 있으며 주로 앉아서 생활하는 사람에게 효과적입니다. 낮에 장시간 앉아서 생활하면 다리 쪽에 체액이 몰리는데, 그 상태 그대로 밤에 눕게 되면 하지 쪽에 몰려 있던 체액이 상기도 주위로 이동해 기도를 좁게 만들 수 있습니다. 그래서 낮 동안에 탄력 스타킹을 착용하거나 잠자기 전에 30분 정도 가볍게 걸으면 수면 무호흡을 감소시킬 수 있습니다. 하지만 이 방법들은 병원에 가지 않고 집에서 할 수 있는 간단한 방법으로, 중증이 아닌 환자들에게 적합합니다.

입 냄새 때문에
사람들과의 대화가 꺼려져요

이도 잘 닦고 가글도 열심히 하는데 계속 입 냄새가 나는 것 같아요.
어떻게 해야 입 냄새를 없앨 수 있을까요?

우리나라 사람의 25퍼센트가 구취로 인한 진료를 고민
한 적이 있을 정도로, 본인의 입 냄새를 걱정하는 분이 많
습니다. 간이나 신장 등의 내부 장기가 안 좋을 때 입 냄새
가 날 수 있다는 얘기 때문에 더 신경이 쓰일 텐데요. 구취
를 그 원인에 따라 여섯 가지로 구별해볼게요.

첫째는 생리적인 구취입니다. 아침에 일어났을 때 나는
입 냄새처럼 누구에게서든지 날 수 있는 냄새를 말하는데,

이는 정상입니다. 둘째는 구강 내 요인으로 인한 구취입니다. 충치, 치주염, 구강 건조증, 혀 침착, 치아 플라그 침착, 치아에 음식물이 끼어서 박테리아가 자라는 경우, 혀에서 냄새가 나는 경우 등을 이야기합니다. 셋째는 호흡기 병변으로 인한 구취입니다. 편도 결석, 편도염, 부비동염, 후두염, 기관지 확장증 같은 이비인후과적인 질환이 있을 때 나는 냄새입니다. 넷째는 위장관 질환에 의한 구취입니다. 위식도 역류가 있거나 소화기관이 좋지 않을 때 냄새가 날 수 있습니다. 다섯째는 전신 질환에 의한 구취입니다. 간, 신장, 내분비계 질환이 있어도 냄새가 날 수 있어요. 마지막으로 구취에 대한 심리적 불안이 구취를 일으키기도 합니다. 이런 분들도 꽤 많아요.

이처럼 다양한 원인에 의한 구취가 있지만, 많은 경우 구취의 가장 주요한 원인은 구강, 그중에서도 혀입니다. 환자들 대다수가 병원에 입 냄새를 측정하는 전문 장비가 있을 거라고 생각하지만, 현재까지 제일 정확한 측정법으로 알려진 건 의사가 직접 환자의 입 냄새를 맡고 점수를 매기는 방식입니다. 의사가 환자 입에서 10센티미터 떨어진 곳으로 코를 가져간 다음, 환자가 숨을 내쉬면 그 냄새를 맡고 0점부터 5점까지의 점수를 매깁니다. 가끔 환자들 중에 혀 안에 손가락을 넣었다 뺐을 때 나는 냄새가 본인의 입 냄새라고 생각하는 분이 있는데 그렇게 강박적으로 체크할 필요 없어요. 이비인후과에서도 환자가 편안하게 내쉰 숨을 10센티미터 정도 떨어진 거리에서 맡고 입 냄새의 정도를 판단합니다.

구강 내 요인으로 인한 구취가 있을 때는 세 가지 방법을 권합니다. 첫째는 칫솔, 치실, 혀 클리너, 치간 칫솔을 사용해서 치아에 낀 음식물과 박테리아, 점액질 등을 물리적으로 제거하는 방법입니다. 혀 클리너를 잘못 사용하는 분들이 생각보다 많은데, 클리너가 혀뿌리 가까이에 닿아서 구역 반사가 일어나는 게 정상입니다. 거기서부터 긁어내야 구취를 효과적으로 제거할 수 있어요. 혀 클리너를 일주일 정도 꾸준히 사용하면 구취가 절반 이상 줄어든다고 하니 한번 해보시면 좋겠습니다. 클리너 없이 혓솔질만 잘 해도 구취를 30~40퍼센트는 줄일 수 있다고 해요.

폐경기를 넘어가는 많은 중년 여성들이 구강건조증을 겪는데, 구강건조증이 있는 상태에서 혀 클리너를 무리하게 사용하면 설염이 생길 수 있습니다. 구취를 줄여보려다가 도리어 염증 때문에 구취가 더 심해질 수 있어요. 이럴 때 물리적 제거보다 화학적 제거 방법인 가글을 사용하는 게 좋습니다.

마지막 방법은 마스킹입니다. 물리적, 화학적 제거를 할 수 없을 때 일시적으로 구취를 숨기는 거예요. 민트 캔디를 먹거나 구강 스프레이를 사용해서 일시적으로 냄새를 없애요. 하지만 마스킹의 효과는 두 시간 정도이기 때문에 영구적인 제거를 위해서는 물리적, 화학적 제거 방식을 병행하는 게 좋습니다.

목에서 나오는
노란 알갱이의 정체가 뭔가요?

목에 무언가 낀 듯한 이물감이 느껴지더니 노란 알갱이가 나왔습니다. 만져봤더니 고약한 냄새가 나요. 이게 편도결석이라는 건가요?

편도결석은 결석이라고는 하지만 돌이 아니라 찌꺼기 같은 느낌입니다. 목에서 나온 알갱이를 만졌을 때 나는 냄새가 실제로 구취의 원인이 돼요. 그래서 환자들은 무척 제거하고 싶어 해요. 유튜브에서 영어로 편도결석tonsillolith 을 검색하면 결석을 제거하는 외국 영상들이 많아요. 의료인이 아닌 사람도 입속에 손가락을 집어넣어서 마구 제거하더라고요.

편도는 원래 동그랗고 매끈한데 염증이 생기면 구덩이가 만들어져요. 그러면 우리가 음식물을 먹을 때마다 이 구덩이 안에 소량씩 쌓이고 염증 부위에서 고름이 나오기도 하죠. 이것들이 모여서 충분히 커지고 딱딱해지면 목 안에 뭔가 있는 것 같은 느낌이 들어요. 이걸 혼자서 제거하겠다고 면봉이나 손가락으로 누르면 어떻게 될까요? 대부분 구덩이 옆을 눌러서 결석을 빼내려고 하거든요. 말랑말랑한 편도를 딱딱한 걸로 누르다가 푹 들어가면 새로운 구멍이 생겨요. 결론적으로 결석이 쌓이는 구멍이 더 커지게 됩니다. 그래서 조금씩 더 큰 결석이 끼는 거예요. 외국 영상들을 보면 목에서 엄지손가락만 한 게 나오거든요. 본인 스스로 제거하다 보니 구멍이 계속 커진 거예요. 구멍이 크면 당연히 음식물이나 고름 등을 더 빨리, 더 많이 끌어당기겠죠.

편도결석은 생길 때마다 제거하는 게 능사가 아니라 구덩이가 생기지 않도록 수술을 하거나 가글을 하면서 열심히 관리해야 합니다. 옛날에는 수술할 때 편도를 아예 떼버렸는데, 사실 구덩이만 제거해주면 되거든요. 국소마취 후에 구덩이 입구를 전기로 태워서 제거하면 피도 거의 안 나고 통증도 거의 없어요. 수술로 구멍을 막아 놓으면 그때부터는 편도결석이 잘 생기지 않지만 염증이 재발하면 다시 구덩이가 생길 수 있어요.

편도는 눈으로 쉽게 확인할 수 있는 편도상와와 그 아랫부분이 있는데, 아랫부분은 구역 반사가 너무 심해서 제거할 수 없어요. 만일 내가 편도결석이 있고 편도염을 앓고 있다면 편도절제술을 받는 게 좋습니다. 편도염은 없지만 편도결석이 생겼다면 결석 부위만 지져볼 수 있습니다.

가글은 편도결석과 더불어 입 냄새 제거와 환절기 감기 예방에 상당한 도움이 됩니다. 가글을 고를 때 알코올이 들어 있는 걸 피하면 입속 점막이 건조해지는 걸 막을 수 있어요. 점막이 건조해지면 오히려 입 냄새가 심해지고 감염이 더 쉽게 일어날 수 있거든요. 만약 가글이 없다면 소금물을 사용해도 좋습니다.

편도결석을 관리하기 위해서는 고개를 뒤로 젖히고 소리를 내면서 가글을 해야 합니다. 그래야 인두 쪽을 가리는 근육이 열리면서 편도까지 깨끗이 닦아낼 수 있습니다. 볼 안에서만 우물우물하다 뱉으면 아무 소용이 없다는 걸 기억하세요.

편도결석과 입 냄새를 없애는 가글법

✚ 간단 가글 만들기

· 준비물: 물 1L, 소금 4g(1티스푼)

· 방법: 물에 소금을 넣고 흔들어 섞는다.

✚ 안전하고 확실한 가글 순서

1. 입에 가글 한 모금을 넣는다.

2. 양쪽 볼에 번갈아 물을 보내면서 30초간 가글한다.

3. 고개를 젖히고 '아–' 소리를 내면서 30초간 가글한다.

4. 물을 뱉는다.

이명과 난청은
치료가 불가능한 질병인가요?

귀에서 '삐-' 하는 소리가 반복됩니다. 또한 타인과 이야기할 때 작은 목소리를 전혀 알아듣지 못하는 경우가 있는데요. 이명과 난청이 모두 의심되지만 두 질병 모두 명확한 치료법이 없다고 해서 걱정입니다. 이명과 난청이 생기는 이유와 예방법을 알려주세요.

 이명은 외부의 물리적인 음원이 없는 상태에서 느끼는 환상 청각입니다. 다양한 소리로 나타날 수 있지만 일반적으로 떠올리는 칠판, 벽 등을 손톱으로 긁는 소리는 아닙니다. 흔히 단주파수로 '삐-' 하는 소리가 가장 많이 나고, 공장에서 기계가 돌아가는 것처럼 드륵거리는 소리가 나기도 해요. 또 여러 주파수가 합쳐져서 나는 소리도 있어요. 사실 그 소리가 어떤 것이든 그렇게 기분 나쁜 소리는 아니거든요. 그렇지만 환자들은 이 소리를 굉장히 성가시게 느끼는데, 이는 이명이 대뇌의 감정 담당 중추인 변연계limbic system를 건드려서 뇌가 우울해지기 때문입니다. 이명은 전 인구의 15퍼센트 정도가 경험하는 유병률이 매우 높은 질병이에요. 이 중 약 50퍼센트는 정도의 차이가 있지만 우울감을 느낄 수 있고, 40퍼센트는 불면증을 경험할 수 있습니다. 유병 인구 중 20퍼센트는 삶의 심각한 질적 저하를 경험한다는 이명의 원인은 무엇일까요?[10]

1981년에 이탈리아에서 발표된 논문을 보면 이명으로 인해 심각한 우울증을 겪고 자살 시도까지 했던 한 환자에게 '청각 신경 절제술'을 시행했습니다. 이명이 없어진다면 소리는 못 들어도 된다고 판단하고 아예 청각 신경을 잘라버렸어요. 그런데 수술 이후에도 이명이 사라지지 않고 계속되는 거예요. 해당 수술 이후 이명에 대한 정의가 크게 변했습니다. 이명의 원인이 말초신경이 아니라 중추신경, 즉 머리일 수 있다는 판단을 하게 됐어요.[11]

2014년에 발표된 논문을 통해 이명이 있는 사람과 없는 사람의 대뇌 활성도에 차이가 있다는 사실이 밝혀졌습니다. 주로 전두엽과 측두엽 같은 머리 앞쪽에서 차이를 보였는데, 이 부분들은 뇌의 능동적 지각과 관련이 있습니다. 능동적 지각이란 보이지 않는 걸 예측하는 지각으로, 과거의 기억과 연계되어 있어요. 검색창에 닥터프렌즈를 검색하려고 '닥'을 치면 자동으로 '닥터프렌즈'가 입력될 수 있잖아요. 이처럼 이명은 소리가 없거나 아주 작을 때 우리의 뇌가 소리를 예측하는 상태입니다.[12]

소리를 예측하려면 경험이 있어야 해요. 뇌가 기억 속에 있는 소리를 불러오는 것이기 때문에 선천적 난청을 겪는 환자들에게는 이명이 생기지 않아요. 하지만 돌발성 난청이나 사격, 트라우마 등으로 인해 후천적으로 청력을 잃은 이들에게는 아주 극심한 이명 현상이 나타납니다.

처음 청각을 잃었을 때는 예측 오류로 이명이 극심하다가 시간이 지날수록 점점 줄어듭니다. 이와 유사한 질환이 환상통phantom pain입니다. 예를 들어 손가락을 자르는 수술을 한 경우, 손가락이 없는 상태인데도 손끝이 아프다고 말하는 사람이 있어요. 이들을 연구해봤더니 통증의 양상이 손가락이 있을 때와 비슷한 거예요. 만일 손가락이 사고로 인해 갑작스럽게 절단됐다면 환상통이 거의 나타나지 않습니다. 하지만 손이 계속 아픈 상태였다가 절단하게 되면 이전에 느꼈던 통증을 동일하게 느끼는 경우가 많아요. 통증이라는 과거의 강력한 기억이 환상통을 만들어내는 거죠.

최근에는 VR을 이용한 치료가 대세입니다. 환자에게 VR을 착용시킨 다음 감각 치료를 통해 말초 감각을 재구성합니다. 이 방식을 이명 환자에게도 그대로 적용했더니 효과가 매우 좋았어요. 또한 보청기나 인공와우로 환자의 청각을 부분적으로 회복시키면 이명이 없어집니다. 100퍼센트 없어지는 건 아니지만 보청기 착용 후에 극적인 호전을 보였어요. 청각이 없는 환자가 사용하는 인공와우를 착용했을 때는 더 큰 효과를 보입니다.

이명에 관한 연구는 유럽이 선도하고 있고, 보청기를 이용한 연구에서 긍정적인 결과가 굉장히 많이 나오고 있어요. 많은 사람이 이명을 원인도 모르고 고칠 수도 없는 병이라고 생각하는데, 원인과 치료 방법이 지속적으로 밝혀지고 있습니다.

이명에 좋은 영양제 중 제일 주목받는 건 아연입니다. 아연은 원래 성장, 발달, 면역에 영향을 주는데 신경과도 밀접한 관련이 있어요. 특히 달팽이관 안의 시냅스와 연관이 있어서 달팽이관에서 발생하는 활성 산소를 없애는 역할을 합니다. 돌발성 난청이 있을 때 아연을 동반해서 치료하면 더 좋은 효과가 난다는 설이 있지만, 아직 광범위하게 받아들여진 가설은 아니에요.

2019년에 소음성 난청과 관련된 이명 환자에 대한 연구가 진행됐어요. 소음성 난청 환자가 아연을 먹고 극적인 도움을 받았다는 결론이 났는데, 이는 아연이 활성 산소를 없애는 기전과 연결됩니다. 소음은 귀에 악영향을 미치는 부정적인 요소이기 때문에 아연이 망가지고 있는 귀를 보호한다고 본 거예요. 보통 성인 남성은 하루 10밀리그램, 성인 여성은 8밀리그램의 아연 섭취를 권장하는데, 해당 연구에서는 이보다 고용량을 섭취했을 때 이명이 줄어들 수 있다는 의견을 보였습니다. 아연을 권장 용량보다 더 먹었을 때 어떻게 되는지에 대한 연구는 계속 진행되고 있습니다. 결론적으로 이명과 소음성 난청이 함께 있는 사람, 그중에서도 난청의 발생 시점이 오래 되지 않은 사람이 아연을 먹으면 이명이 개선될 수 있습니다.[13]

한편, 대만에서는 군용 비행장·군 사격장 소음 노출 환자를 113명을 대상으로 연구를 진행했습니다. 소음성 난청이 있는 사람, 소음성 난청과 이명이 있는 사람, 정상인 사람의 세 군으로 나누어 연구했는데, 난청과 이명이 동시에 있는 군은 다른 군에 비해 비타민 B12가 부족하다는 결과가 나왔습니다. 이 연구에서는 난청이 이명의 원인이 될 수 있고, 비타민 B12가 부족하면 이명이 더 잘 발생할 수 있다고 판단했어요. 그래서 주관적으로 이명이 있다고 판단하는 환자들에게 비타민 B12를 처방했더니 생각보다 좋아진 거예요. 이 연구는 인도에서 계속 진행되고 있습니다. 비타민 B12는 수용성이기 때문에 몸에 쌓이지 않거든요. 이명과 난청이 모두 있다면 비타민 B12가 들어가 있는 영양제를 먹어보세요.[14]

마지막으로 마그네슘도 이명에 좋다는 말이 들립니다. 마그네슘을 섭취하면 근육의 회복력이 올라가는 등 근골격계에 효과가 있는데, 심기능이 저하되었을 때 과용하면 심장에 무리를 줄 수 있다는 부작용이 있어요. 실제로 증명된 독성도 있고요. 그렇기 때문에 이명 환자에게 마그네슘을 권유하기는 어렵습니다.

"오늘 점심에 뭐 드셨어요?"

안녕하세요, 내과 전문의 우창윤입니다.

앞에서 이낙준 선생님이 닥터프렌즈의 전문과 중 가장 익숙한 과가 이비인후과라고 했지만, 그건 아마도 이비인후과 의사만의 생각일 거예요. 우리에게 가장 익숙한 과는 흰 가운을 입고 청진기를 든 의사가 있는 내과가 아닐까요? 내과는 가벼운 감기나 복통, 설사부터 우리 몸에 있는 각종 장기의 질환 및 대사 질환, 알러지 질환, 자가 면역 질환을 담당합니다. 게다가 암의 진단과 치료까지 무척 광범위한 질병을 다루고 있으니, 아마 평생 내과 의사를 만나지 않는 사람은 드물 거예요.

내과는 종합 병원 안에서도 아주 중요한 역할을 담당합니다. 특히 현대 의학은 매우 세분화되고 전문화되어 있어요. 특정 검사나 수술을 하는 의사들은 그 분야의 권위자가 되기 위해 실력을 갈고 닦죠. 하지만 사람의 몸은 여러 장기가 통합된 하나의 존재이기 때문에 누군가는 환자의 상태를 전반적으로 이해하고 각 과의 처치들을 조율해서 검사와 치료 방향을 잡아야 합니다. 이게 바로 종합 병원에서 내과가 담당하는 일이랍니다. 그래서 내과 의사는 환자의 몸 상태뿐 아니라 심리적인 부담까지 이해하고 도와줘야 합니다.

환자를 잘 이해해야 하기 때문에 환자들과 많은 대화를 하게 되고, 자연스레 환자들이 가장 궁금해하는 내용에 관심을 갖게 됩니다. 병에 걸린 환자들이 가장 궁금해하는 게 무엇일까요? 바로 먹는 거예요. 실제로 음식은 우리가 생각하는 것보다 건강에 매우 중요합니다. 병은 우리가 먹는 것에서 오는 경우가 많아요. 자의로 병에 걸린 환자는 없기 때문에 많은 환자가 무력감과 우울감을 호소합니다. 하지만 건강한 식습관을 찾고 생활을 관리하면 자기 통제감이 회복되고, 그로 인해 활기를 얻어서 좋은 치료 경과를 보일 수 있어요. 그러니 내과 의사들의 관심사가 건강한 식습관일 수밖에 없죠.

다양한 대사 질환이나 만성 질환을 흔히 '생활 습관병'이라고 부르는데, 평소의 식습관이 병이 되는 경우가 많아요. 치료를 병행하며 건강한 식습관을 만든 환자들은 자연스럽게 약을 중단하고 가끔 한 번씩 상태를 체크하러 옵니다. 좋은 식습관은 추후에 올 다른 큰 병의 예방에도 도움이 되기 때문에, 환자들과 식이에 대한 이야기를 자주 나눠요. 갓 입원한 환자에게는 병에 걸리기 전에 무엇을 주로 먹었는지, 증상이 좋아진 환자에게는 어떤 식습관을 만들었는지 물어본답니다.

병원 안팎에서 먹는 것에 대한 이야기를 자주 하다보니 유튜브 촬영을 하면서도 자연스럽게 식이에 대한 이야기를 많이 나누게 됐어요. 어떤 식사를 하는 사람이 다이어트에 성공하는지, 어떤 식습관이 혈당을 조절하는 데 도움이 되는지, 외식을 피할 수 없다면 어떻게 해야 하는지 등에 대해서요.

여기까지 읽었다면 왜 이 책에서 내과가 이비인후과와

정신건강의학과 사이에 위치하는지 이해할 수 있을 거예요. 내과는 모든 의학의 중심이며 우리 삶에 가장 깊숙이 들어와 있는 학문입니다. 그럼 이제 저와 함께 식이에 대한 이야기를 잔뜩 나눠보기로 해요.

운동을 해도
배가 들어가지 않아요

주 2회 운동과 식이 조절을 하고 있지만 배가 들어가지 않아서 걱정입니다. 사람들이 이야기하는 '대사증후군'은 무엇인지, 혹시 저도 거기에 해당되는지 궁금합니다.

대사증후군은 국내 30대 이상 성인의 3분의 1 정도에서 발견되는 매우 흔한 질환이에요. 미국 스탠포드대학의 제럴드 리븐[Gerald M. Reaven] 교수가 처음 이야기한 개념으로, 심혈관계 질환이나 당뇨병이 많이 발생하는 특징이 있는 걸 말해요. WHO에서 1998년도에 대사증후군이란 말을 처음 쓴 이후로 여러 기관에서 그 특성을 정리했는데, 우리나라는 크게 다섯 가지 위험요소 중 세 가지를 만족하면 대사증후군이라고 판단합니다.

대사증후군의 시작이라고 말하는 게 바로 허리둘레입니다. 허리둘레는 늑골과 골반 사이 배꼽 위치에 줄자를 수평으로 둘러서 잽니다. 허리둘레가 남자는 90센티미터 이상, 여자 85센티미터 이상이면 대사증후군을 의심해 볼 수 있어요. 또한 높은 혈압(130/85mmHg 이상), 높은 고중성 지방(150mg/dL 이상), 낮은 고밀도 콜레스테롤(남자 40mg/dL 미만, 여자 50mg/dL 미만), 높은 공복혈당(100mg/dL 이상) 중 3가지를 만족하면 대사증후군이라고 명명합니다. 대사증후군 환자들은 심혈관계 질환 발생률이 2배 이상 높고 당뇨병의 발생률도 4~6배 이상 올라갑니다. 또한 여러 암의 발생과 관련이 있기 때문에 되도록 빨리 관리를 시작해야 당뇨병이나 심근경색, 뇌경색 같은 치명적인 질환을 막을 수 있습니다.

대사증후군에는 내장 지방이 큰 문제가 됩니다. 내장 지방은 섭취하는 것과 사용하는 것의 불균형으로 만들어져요. 특히 튀김 등의 트랜스 지방, 버터 같은 포화 지방, 믹스커피나 시럽 등의 단당류가 인슐린 저항성과 혈당을 올리며 내장 지방의 원인이 됩니다. 몸속에 들어온 당류가 지방으로 전환되면서 복부 비만을 일으키고, 더 나아가 심장, 간 등의 주요 장기와 근육에 쌓이면서 여러 대사 질환을 유발할 수 있어요.

대사증후군을 예방하기 위해서는 생선과 견과류에 들어 있는 불포화 지방산이나 야채의 식이섬유를 섭취하는 게 좋아요. 사실 다양한 식품군을 동시에 섭취하는 게 가장 좋습니다. 또한 우리 몸의 주된 에너지원인 포도당을 가장 많이 사용하는 게 몸의 큰 근육들이기 때문에, 큰 근육이 움직이는 하체 운동을 해주면 도움이 됩니다.

고지혈증이 있는 분들도 약을 먹으면서 생활 습관을 교정하셔야 해요. 평생 약을 먹어야 할까 봐 걱정하는 분들이 있는데, 생활 습관을 바꾼다면 약을 먹는 것만큼 좋은 효과를 낼 수 있습니다.

다이어트를 하고 싶지만
먹는 즐거움을 포기할 수 없어요

다이어트를 위해 식이와 운동을 병행하려고 합니다. 운동도 운동이지만 먹는 즐거움을 포기하고 공복감을 견디는 게 정말 힘들어요. 어떻게 해야 살이 더 잘 빠지는 효과적인 식사를 할 수 있을까요?

비만은 단순히 외관의 문제가 아니라 암이나 대사 질환의 발생 가능성을 높여서 삶의 질을 떨어뜨리고 수명을 단축시킬 수 있는 하나의 질환입니다. 예쁘고 멋지게 보이기 위해 다이어트를 시작하는 것도 좋지만 무엇보다 건강을 위해 다이어트를 해야 해요.

다이어트를 할 때 운동만 해서 살을 빼겠다는 분들이 있는데, 다이어트의 80퍼센트는 식이에 달려 있습니다. 운동은 근육을 유지하고 기초대사량을 올리며 다이어트 후에 올 수 있는 요요 현상을 방지하는 역할을 합니다. 식이 조절을 할 때 가장 중요한 점은 본인이 유지할 수 있는 정도로 식단을 변형해서 꾸준히 진행하는 거예요. 이를 식이에 대한 '순응도'라고 이야기해요. 한 끼씩 계획 없이 굶거나 식사량을 크게 줄이면 오히려 근육량과 기초대사량이 떨어집니다. 그러다 다시 식사를 많이 하게 되면 자연스럽게 요요 현상이 생기겠죠.

공복감은 혈당이 떨어지거나 위가 비었을 때 느낄 수 있는데, 이럴 때는 포만감을 느낄 수 있는 야채나 단백질로 이루어진 간식을 먹으면 도움이 됩니다. 또한 야채에 들어 있는 프리바이오틱스prebiotics가 장내 좋은 미생물들의 먹잇감이 될 수 있기 때문에 섬유질이 많은 야채를 드시길 추천합니다.

같은 칼로리일 때 섬유질이 많은 식사와 단백질 양을 늘린 식사 중 어떤 게 더 살이 많이 빠질까요? 2011년도에 뉴질랜드에서 비만한 여성 83명을 대상으로 8주간 연구한 자료가 있어요. 연구는 고단백 식이를 하는 군과 고식이섬유 식이를 하는 군으로 나누어 진행됐습니다. 결론적으로 고단백 식이를 한 사람들의 몸무게는 약 1킬로그램 더, 체지방은 1.5킬로그램가량 더 빠져 있었어요. 이는 다이어트를 할 때 고단백 식이가 어느 정도 중요하다는 걸 증명한 연구입니다.[15]

성인의 하루 권장 단백질 양이 자신의 체중 곱하기 0.9~1그램 정도인데, 체중 감량 중에는 체내 단백질 손실을 방지하기 위해 이보다 1~1.5배 많은 단백질을 섭취하는 게 좋아요. 다이어트 하는 젊은 남자들은 닭가슴살 등을 많이 먹지만 여성들은 채소 위주의 식사를 많이 하죠. 단백질 섭취량이 줄면 근육량이 빠지고 면역력이 떨어지면서 몸의 활력이 사라집니다. 다이어트 할 때는 계란, 두부, 닭가슴살, 요거트, 아몬드처럼 단백질 함량이 높은 식품을 먹는 게 제일 좋고, 이렇게 챙겨 먹기 어렵다면 단백질 함량이 높은 간편식을 먹는 게 포만감과 근력을 유지하는 데 도움이 됩니다.

고단백 식사를 하면 우리 몸의 대사율이 올라가게 됩니다. 우리가 음식물을 섭취하면 이를 소화, 흡수, 운반, 저장하는 일련의 과정이 필요한데, 이 과정에서 소모되는 에너지를 DIT[diet-induced thermogenesis]라고 합니다. 음식마다 정도가 다 다르지만 단백질의 경우 전체 흡수 칼로리의 약

15~30퍼센트가 DIT로 소모된다고 알려져 있어요. 탄수화물은 5~10퍼센트, 지방은 0~3퍼센트로 DIT가 거의 소모되지 않습니다.

고단백 식사는 우리 몸에 즉각적으로 포만감을 줍니다. 탄수화물이나 당질을 먹고 난 후에 급격하게 배고파지는 걸 누구나 경험해보셨을 거예요. 면이나 빵만 먹었을 때를 떠올려보세요. 단백질, 특히 고단백의 경우 'GLP-1'이나 'PYY' 등 배부름으로 만족감을 느끼게 하는 호르몬을 유발하고, 식욕을 촉진하는 '그렐린ghrelin' 등의 호르몬을 낮춰서 음식에 대한 갈망을 약 60퍼센트 감소시킨다는 연구 결과가 있습니다. 다이어트에서 가장 문제가 되는 게 야식이잖아요. 포만감이 오래 지속되면 야식에 대한 욕구가 절반 정도로 감소된다는 조사 결과도 있어요.

또한 다이어트 시 기초대사량을 유지하기 위해서도 충분한 단백질을 섭취해야 합니다. 한국인의 평균 단백질 섭취량을 따져봤을 때, 총 칼로리에서 25~30퍼센트 정도를 단백질로 섭취하기를 추천합니다. 콩이나 두부, 고기, 생선, 달걀 등 매 끼니마다 한두 가지 정도의 단백질원을 챙겨 먹는 습관을 가져보세요.[16]

과자나 케이크, 마카롱처럼
달달한 게 너무 당겨요

자취 생활을 하다 보니 잘 먹지 않던 과자나 조각 케이크, 마카롱 같은 디저트를 입에 달고 살아요. 끊임없이 단 음식이 당기는데, 이러다 아예 살찌는 체질로 바뀔까 봐 무서워요.

과자나 케이크, 마카롱 같은 식품에는 설탕과 시럽 등의 단당류가 많이 들어 있어요. 이런 식품들은 우리 몸의 혈당을 순간적으로 올려서 인슐린이라는 물질이 나오게 합니다. 인슐린은 올라간 혈당을 지방으로 전환하여 지방 세포에 저장하는 역할을 해요. 다시 말해 내장 비만을 만들어서 살이 찌고 대사 질환이 생길 수 있어요. 하지만 이런 식습관은 단순히 눈에 보이는 변화만 일으키는 게 아니에요.

우리 몸에는 보이지 않는 존재인 미생물이 살고 있죠. 한 사람의 몸을 구성하는 전체 세포 수는 약 30조 개인데, 여기에 공생하는 미생물은 약 39조 개로 알려져 있어요. 몸을 구성하는 전체 세포 수보다 몸에 사는 미생물의 수가 조금 더 많은 거예요. 다양한 미생물들은 우리 몸의 각 부위에서 오손도손 생태계를 갖추고 살아가고 있어요. 그런데 최근 미생물이 우리 몸에 여러 영향을 미친다는 사실이 밝혀졌어요. 유익한 미생물의 대부분이 장내에 거주하기 때문에 그에 대한 연구가 뜨겁게 진행되고 있습니다.

예전에는 장내 미생물이 소장이나 대장에 머물면서 음식물의 소화를 돕거나 우리에게 필요한 몇 가지의 영양소를 제공할 거라고 생각했어요. 그래서 미생물에 관한 연구는 주로 설사나 변비, 복통 등의 증상이나 질병과의 관련성을 확인하는 식으로 진행됐습니다. 그런데 더 많은 연구를 진행해보니 장내 미생물은 단순히 장 건강만 책임지는 존재가 아니었어요.

2006년 미국의 제프리 고든[Jeffery I. Gordon] 연구팀은 비만과 장내 미생물이 관련이 있다는 연구 결과를 발표했어요. 해당 연구에서는 비만한 쥐와 정상 쥐의 장내 미생물 종류와

분포를 비교했고, 그 결과 비만한 쥐에게서 '박테로이데스 bacteroides'라는 특정 미생물이 감소했고 '퍼미큐티스 firmicutes'라는 미생물이 증가했음을 확인할 수 있었습니다. 또한 비만한 쥐와 마른 쥐의 대변을 각각 무균 쥐에게 주입해봤어요. 무균 쥐는 장내 세균이 전혀 없는 쥐로, 제왕 절개로 출생한 쥐를 완전히 격리해서 세균과 접촉하지 않게 기른 거예요. 실험 결과 비만 쥐의 대변을 주입한 무균 쥐가 더 빠르게 지방이 증가하는 걸 확인했습니다. 이 발견은 많은 사람을 설레게 했어요. 살이 찌는 게 장내 미생물의 문제였다니! 연구 대상이 사람일 경우에도 같은 결과가 나올지 알아보기 위해 연구를 진행했는데, 뚱뚱한 사람과 정상 체중인 사람의 장내 미생물 역시 서로 차이를 보였습니다. 이를 통해 비만과 장내 미생물이 관련 있다는 것은 분명해졌지만 또 다른 의문이 남았죠. 장내 미생물은 비만의 원인일까, 아니면 결과일까?[17]

해답을 찾기 위해 다음 연구들이 진행되었습니다. 그중 하나가 무균 쥐에게 쌍둥이의 대변을 이식하는 실험인데, 쌍둥이 중 한 명은 비만했고 다른 한 명은 정상 체중이었어요. 흥미롭게도 비만한 사람의 변을 주입한 쥐가 더 빨

리 비만이 되었습니다. 즉 장내 미생물은 비만의 원인이 될 수 있다는 결론이죠.[18]

이후 해당 현상의 기전을 찾아낸 연구가 발표됩니다. 특정 장내 미생물이 많으면 '아세테이트'라는 지방산의 생성이 늘어나고, 이 지방산이 뇌로 이동해서 식욕 촉진 호르몬인 그렐린의 분비를 촉진합니다. 그렐린은 부교감 신경을 자극해서 인슐린 분비를 촉진하고, 결과적으로 더 많이 먹고 더 저장하는 사이클이 돌아가게 됩니다.[19]

여러 가공식품은 유익한 미생물을 줄이고 나쁜 균을 늘리면서 장내 미생물의 다양성을 감소시킵니다. 그냥 살이 찌는 게 아니라 살이 잘 찌고 허기지는 체질로 만들 수도 있는 거예요. 그렇다고 너무 낙담하지는 마세요. 우리 몸에 한번 자리 잡은 장내 미생물들과 평생 살아가게 되는 건 아니니까요. 장내 미생물은 노력에 따라 변할 수 있습니다. 가장 좋은 습관은 식단을 바꾸는 거예요. 우리 몸에 이로운 미생물들이 좋아하는 식이섬유가 많은 식사를 2주만 지속해도 장내 미생물이 바뀌기 시작한다는 데이터도 있어요. 매일 다양한 야채와 과일을 섭취하려고 노력해보세요. 장내 미생물이 바뀌면 여러분의 다이어트도 더 쉬워질 거예요.

간헐적 단식을 하고 싶은데
몇 시간이나 단식해야 할지 모르겠어요

건강을 위해 간헐적 단식을 시작하려고 합니다. 단식을 하면 몸 안의 독소가 제거되고 소화도 잘 된다는 이야기를 들었는데요. 간헐적 단식을 실천하는 올바른 방법과 그 효과가 궁금합니다.

음식을 쪼개고 분해해서 우리 몸의 세포가 쓸 수 있는 에너지로 만드는 과정을 대사라고 합니다. 같은 칼로리를 먹더라도 충분한 금식 시간을 가진 후에 먹으면 비만이나 당뇨병, 암 발생률이 떨어져요. 사람은 원래 필연적으로 금식을 하게 되어 있었습니다. 과거에는 지금처럼 먹을 게 풍부하고 정제된 재료가 많지 않았기 때문에 금식 상황에 사냥을 해서 음식을 먹는 게 당연했어요. 수천 년 사이에 지금처럼 많은 칼로리를 더 적은 움직임으로 섭취할 수 있게 된 거예요. 과거와 비교했을 때 지금이 오히려 더 건강하지 않은 생활 행태라고 할 수 있죠.

우리 몸은 포도당이라는 에너지원을 쓰기에 가장 적합하며, 특히 머리는 거의 전적으로 포도당을 사용합니다. '당 떨어졌다', '머리가 안 돌아간다'는 말을 쓰는 이유도 포도당 때문이에요. 몸속에 포도당이 들어가면 우리의 뇌가 행복감을 느껴요. 우리 몸은 에너지를 내는 데 중요한 포도당을 간 속에 '글리코겐'이라는 형태로 뭉쳐서 저장합니다. 금식을 할 경우 간에 뭉쳐 놓은 글리코겐이 분해되면서 포도당이 나오고, 그로 인해 혈당이 유지됩니다. 보통 12~24시간 정도 금식을 하면 글리코겐이 분해되고 그때 세포들이 금식이 길어질 수도 있겠다는 생각을 해요. 그럼 그다음으로 우리 몸에 있는 지방을 꺼내서 에너지로 씁니다. 만일 이보다 더 오래 금식을 하면 간에 저장되어 있던 글리코겐이 바닥나겠죠. 그러면 근육에 있는 아미노산을 꺼내서 그걸 바탕으로 다시 포도당을 만드는데, 이때 근육이 타기 시작합니다. 정리하면 우리 몸은 원래 포도당을 에너지원으로 쓰지만 포도당이 부족할 때는 지방산을, 지방산이 부족할 때는 근육을 같이 쓰게 됩니다.

비만인 사람은 지방을 태워야 하기 때문에 금식 시간이 필요하지만, 마르거나 혈당이 높은 사람은 조금씩 자주 먹으면서 혈당을 조절하는 게 유리할 수 있습니다. 사람마다 본인에게 맞는 식이법은 다를 수 있어요. 간헐적 단식 연구가 진행된 대상도 대부분 비만한 사람들이기 때문에 저체중인 분들에게는 절대 권유하지 않습니다. 오히려 근육이 빠질 수 있고 건강상 위험할 수 있어요. 식이 조절의 시작은 본인이 고통스럽지 않게 유지할 수 있는 정도여야 합니다. 그래야 지속적인 효과를 볼 수 있어요.

간헐적 단식을 시작하고 싶다면 본인의 라이프스타일에 맞춰 저녁 식사 이후 12시간, 혹은 이른 저녁 식사 이후 아침까지, 혹은 저녁 식사 이후 점심까지 15시간 정도 단식해보세요. 단식 24시간부터는 근 손실이 발생하기 때문에 일반적으로는 추천하지 않고, 기저 질환이 있는 경우에는 주치의를 만나서 몸 상태를 평가한 후에 진행하기를 추천합니다.

인터넷에 돌아다니는 '간헐적 단식 프로토콜'이 있어요. 하지만 모든 사람들에게 적합한 단 하나의 간헐적 단식 방법은 없습니다. 개인마다 생활 행태와 대사, 허기를 느끼는 정도가 모두 다르기 때문이에요. 과도한 금식은 피하고 본인의 생활 패턴에 맞는 방식으로 시작해보세요.

당뇨병 환자는 모든 음식을
가려 먹어야 하나요?

당뇨병 환자입니다. 당뇨는 식이 조절이 정말 중요하다고 해서 항상 조심하고 있어요. 하지만 언제까지 먹고 싶은 걸 참아야 할지 모르겠어요. 당뇨가 있으면 모든 음식을 조심해야 하나요?

　　당뇨병 식이에 대해 이야기하기 위해서는 먼저 음식을 먹은 후에 몸속에서 어떤 일이 일어나는지 알아야 합니다. 음식은 섭취된 이후 몸에서 분해되면서 혈당을 올립니다. 혈당이 세포라는 방에 들어가기 위해서는 인슐린이라는 키가 필요해요. 인슐린이 있어야 혈중의 포도당들이 세포 안으로 들어갈 수 있고, 그래야 세포도 살고 혈중 포도당의 농도도 낮아져요. 당뇨병 환자들은 인슐린이라는 열쇠 자체가 없거나 방문이 고장 나서 열쇠가 들어가지 않는 상태인 거예요. 인슐린 저항성이 증가하면 인슐린이 있어도 세포의 문이 잘 열리지 않아요.

당뇨병 환자들이 무엇을 먹고 무엇을 먹지 말아야 하는지 많이 물어보는데, 기본적으로 골고루 먹어야 합니다. 보통 외래에서는 빵, 떡, 칼국수, 라면 등을 먹지 말라고 말하는데, 그 이유는 이것들이 한 가지 탄수화물을 재료로 만들어졌으며 한 끼 식사를 대신하기 때문이에요. 하나의 성분은 거의 비슷한 시간 안에 분해·흡수되므로 혈당을 동시에 끌어올려요. 당뇨병 환자들은 인슐린이란 열쇠 자체가 없어서 그 시간 동안 세포에 들어갈 수 있는 포도당이 한계가 있어요. 그런데 당이 갑자기 많이 들어오게 되면 고혈당 상태가 오래 지속됩니다. 하지만 야채, 과일, 고기 등의 음식을 골고루 먹으면 흡수가 느려져서 혈당 상승 속도가 완만해집니다. 그러면 고혈당으로 지속되는 시간이 적어지는데, 이는 당뇨병 환자에게 매우 중요합니다. 당뇨병 환자들도 시간당 혈중 포도당의 감소 속도가 느려지는 거지 아예 감소하지 않는 건 아니거든요.

보통 당뇨병 환자들에게 살찌면 안 된다고 이야기하는

데 그건 체중 증가가 다양한 문제를 일으킬 수 있기 때문이에요. 본인이 먹을 수 있는 칼로리를 정해두고 칼로리 내에서 조금씩 골고루 먹기를 추천합니다. 쌀밥을 먹으면 안 되는지 물어오는데, 먹어도 괜찮고 대신 반찬을 다양하게 드세요. 한 가지 탄수화물만으로 하는 식사나 설탕, 탄산음료, 믹스커피 같은 단당류의 섭취는 피해야 합니다. 가끔 당뇨 환자들에게 혈당이 너무 안 좋아졌을 때 뭘 먹었는지 물어보면 믹스커피가 범인인 경우가 있어요. 단당류는 몸에 가장 빨리 흡수되기 때문에 정말 좋지 않습니다.

같은 양과 질의 단백질, 탄수화물, 지방을 먹었을 때도 먹는 순서에 따라 음식이 내려가는 속도, 혈당의 조절 정도와 변동성, 인슐린이 분비되는 시간이 달라집니다. 우유 같은 유청 단백질을 먹은 다음 탄수화물을 먹으면 혈당이 조금 천천히 올라옵니다. 왜냐하면 단백질과 지방이 탄수화물보다 위에서 내려가는 속도가 느리거든요. 탄수화물의 흡수가 천천히 이루어지면 혈당이 급하게 올라가지 않고, 혈당을 감소시키는 인슐린의 분비를 자극하는 호르몬이 좀 더 나오게 해요.

2016년 이탈리아에서 8주간 17명의 사람에게 똑같은 다이어트 식단을 주고 먹는 순서만 다르게 하게 했어요. 한쪽 그룹 사람들은 단백질과 지방을, 다른 그룹은 탄수화물을 먼저 먹은 다음 똑같이 운동하고 자유롭게 생활했더니 단백질과 지방을 먼저 먹은 그룹이 혈당의 변동 정도, 식후 혈당의 정도, 조절 정도가 더 안정적이었어요.[20]

미국에서도 11명의 당뇨병 환자들을 대상으로 12시간 단식 후 같은 구성과 열량의 식사를 이틀에 걸쳐 섭취하게 하고, 일주일 뒤에는 먹는 순서만 바꿔서 섭취하게 했습니다. 그 결과 탄수화물 이전에 채소와 단백질을 먼저 섭취한 사람들이 혈당의 조절 정도가 더 좋았습니다.[21]

결론적으로 '배 속에 들어가면 다 똑같다'는 말은 틀렸습니다. 무엇을 먼저 먹는지에 따라 내려가는 속도와 분비되는 호르몬이 달라져요. 야채나 단백질, 지방을 먼저 섭취하고 난 뒤에 탄수화물을 섭취하는 게 당뇨병 환자나 혈당 조절이 필요한 이들에게 조금 더 유리합니다. 똑같이 먹어도 더 건강할 수 있는 방법이니 잊지 말고 실천해보시길 바라요.

배달 음식과 외식을
끊을 수가 없어요

배달 음식과 외식이 건강에 해롭다지만 피할 수가 없어요. 현실적으로 실천 가능한 식이법을 알려주세요.

우리나라는 외식의 비중이 굉장히 높아요. 한국농수산식품유통공사의 조사에 따르면 평균적으로 한 달에 20.8회의 외식을 한다고 하니까, 적어도 이틀에 한 번꼴은 외식을 하는 셈이에요.[22]

밖에서 사 먹는 음식이 몸에 안 좋다는 말은 들어보셨죠? 자취생 시절 어머니께서 저에게 이틀에 한 번씩 하셨던 말이에요. 잘못된 외식 습관이 비만으로 연결된다는 보고는 많습니다. 연세대학교 의과대학 예방의학교실 연구팀에서 성인 1만 8천 명을 분석한 결과 특히 여성에게 큰 영향이 나타났는데, 매일 외식률이 51~100퍼센트인 여성이 비만할 확률이 외식을 전혀 하지 않는 여성보다 1.5배 높은 것으로 추산됐어요.[23]

혼자 사는 사람들은 알겠지만 집에서 대충 있는 것들로 챙겨 먹는 한 끼가 뭐 얼마나 건강하겠어요. 참치에 밥 혹은 김에 밥, 이렇게 해결하는 한 끼 식사는 영양학적으로 매우 불균형한 식사입니다. 차라리 편의점 도시락이라도 사다 먹는 게 영양학적으로 더 좋았던 경우가 많아요. 1인 가구를 포함해서 이 시대를 사는 사람들에게 외식이 피할 수 없는 선택이라면, 건강하게 즐기자는 의미로 메뉴 선정에 도움이 될 몇 가지 이야기를 나누려고 합니다.

먼저 우리에게 가장 익숙한 한식 먼저 살펴볼까요? 한식은 기본적으로 밥과 반찬으로 이루어져 있어요. 그래서 곡류, 어류, 육류 및 채소를 골고루 갖추고 있죠. 대부분의 한식은 다양한 영양소를 섭취할 수 있습니다. 비빔밥이나 쌈밥은 다양한 채소를 한 끼에 섭취할 수 있고 적절한 열량과 균형 잡힌 영양소를 갖추고 있어요. 국, 탕, 찌개 등의 국물에는 과도한 나트륨이 들어 있기 때문에 국물보다는 건더기 위주로 먹는 게 좋아요. 뚝배기 바닥이 보일 때까지 국물을 먹으면 하루 권장 나트륨 섭취량을 한 끼에 다 먹게 된다는 걸 잊지 마세요. 된장찌개나 김치찌개 등의 찌개와 밥만 먹게 될 경우에는 우리 몸의 면역과 성장, 근육 발달에 중요한 단백질 섭취가 부족할 수 있어요. 이럴 때 생선이나 콩, 두부 같은 양질의 단백질을 섭취하면 몸에 더욱 좋겠죠. 특히 한식 재료 중 콩이나 두부 등의 식물성 단백질이 건강에 유익하다는 사실은 다양한 연구를 통해 밝혀져 있어요.

미국 국립보건원 국립암연구소 연구팀이 1995년부터 2011년까지 약 41만 명의 식단과 건강 상태를 분석한 결과, 동물성 단백질의 3퍼센트를 식물성 단백질로 대체하면 사망률이 약 10퍼센트 감소하며 특히 심혈관계 질환과 관련된 사망을 예방할 수 있다는 것이 밝혀졌어요.[24]

다음은 일식으로 가볼까요? 일식이라고 하면 일단 해산물이 떠오르죠. 해산물은 육류만큼 단백질 함량이 높고 포화 지방 함량은 적어요. 또한 불포화 지방이 풍부하게 들어 있죠. 일식은 대체로 간이 약하기 때문에 나트륨을 적게 섭취할 수 있어서 혈압이 높거나 몸이 잘 붓는 분들에게 좋습니다. 하지만 덮밥은 맛을 내기 위해 다량의 소스가 들어가기 때문에 열량이 높고 흡수가 빨라요. 그러면 혈당이 급격히 올라서 지방간 등의 위험이 올라갈 수 있습니다. 덮밥을 먹으려고 할 때는 식후에 20분 정도 산책할 시간까지 염두에 두는 게 좋아요. 초밥은 생각보다 밥 양이 많아서 과다한 칼로리 섭취를 주의해야 해요. 포만감은 음식을 먹기 시작한 후 20~30분 정도가 지나야 느껴지기 때문에 맛을 음미하며 천천히 먹는 것도 건강한 식습관이 됩니다. 초밥을 먹으면 탄수화물, 지방, 단백질을 골고루 섭취할 수 있지만 대신 야채나 과일 섭취량이 적을 수 있기 때문에 후식으로 맛있는 과일 한 조각을 챙겨 드세요. 단, 시중에 파는 과일 주스는 시럽이 많이 들어 있다는 걸 잊지 마세요.

이제 양식 이야기를 해볼게요. 양식은 조리 과정에서 버터나 기름이 많이 사용되기 때문에 칼로리가 높은 편이에요. 가능하면 메뉴를 고를 때 칼로리가 높은 음식은 최대한 피하는 게 좋아요. 예를 들어 피자 도우를 얇은 것으로 선택한다든지, 크림이 들어간 파스타보다는 올리브오일이나 토마토소스 파스타를 선택하는 게 좋겠죠. 양식의 장점은 일상적인 한식 식사에서 놓칠 수 있는 영양분을 보충할 수 있다는 점이에요. 양식에 쓰이는 기본 재료들의 단백질 함량이 높기도 하고, 양식에 많이 사용되는 우유와 치즈 등의 유제품은 매우 훌륭한 칼슘 공급원입니다.

마지막으로 중식은 설탕이 많이 들어가고 열량이 높다는 문제가 있어요. 중식 메뉴를 시킬 때면 늘 짜장면과 짬뽕 중 고민하게 되는데, 건강을 생각한다면 짬뽕을 택하는 게 낫습니다. 짜장보다 칼로리와 지방 함량이 낮고 다양한 채소와 해산물이 들어 있어서 건강에 더 유리해요. 짬뽕을 먹을 때에도 채소와 해산물을 먼저 먹은 다음 면을 먹으면 식후 혈당 상승과 인슐린 분비를 낮출 수 있어요. 중식의 또 다른 난제인 탕수육은 소스가 단당류 폭탄이기 때문에 최대한 소스를 적게 먹을 수 있는 '찍먹'이 건강 측면에서는 유리합니다.

제가 좋아하는 말 중에 'You are what you eat'이라는 말이 있어요. '당신이 먹는 음식이 곧 당신이다'라는 뜻이죠. 외식과 배달 음식을 피할 수 없다면 메뉴 선택에 대한 본인만의 기준을 가져보는 게 어떨까요? 그 기준에 따른 선택이 더 건강한 당신을 만들어줄 거예요.

"잠은 잘 주무셨어요?"

안녕하세요. 정신건강의학과 전문의 오진승입니다.

예전보다 정신건강의학과에 대한 사회적 인지도가 많이 좋아졌다고 하지만, 아직 닥터프렌즈의 전문과 중에 가장 낯설고 멀게 느껴지는 과가 아닐까 생각합니다. 가족이나 친구, 직장 동료들과 집이나 회사 근처의 병원을 묻거나 추천한 경험은 많을 거예요. 하지만 아직까지 정신건강의학과는 그 목록에 들지 못하는 것 같아요.

사실 정신건강의학과는 우리의 일상생활과 아주 밀접한 관련이 있습니다. 누구나 한 번은 잠이 오지 않아서 고

생해본 경험이 있을 텐데, 정신건강의학과에 오시면 잠이 오지 않는 원인을 함께 찾아보고 해결책을 제공받을 수 있어요. 공부나 일에 집중이 안 되거나 기억력이 떨어질 때도, 폭식이나 거식증처럼 식이 관련 문제가 있을 때에도 정신건강의학과에서 도움을 받을 수 있습니다.

우리나라 사람들이 가장 많이 사용하는 외래어가 바로 '스트레스'라고 하는데, 만병의 근원이 되는 스트레스도 정신건강의학과에서 다루는 질병이에요. 또한 스트레스가 지속되면 위염, 두통, 소화불량 등의 신체 질환과 우울증, 공황장애와 같은 정신 질환이 나타날 수 있습니다.

의학 유튜브 채널을 운영하다 보니 유독 정신건강의학과 관련 콘텐츠가 인기가 많다는 사실을 알 수 있었습니다. 많은 사람이 본인의 심리나 마음 상태에 대해 관심이 있지만 실제로 병원을 찾기는 망설여져서 유튜브 콘텐츠를 많이 검색해보는 게 아닐까 했어요. 정신건강의학과에서는 지금 나의 감정 상태가 어떤지, 내가 어떤 사람인지 있는 그대로 바라볼 수 있게 도와줍니다. 다음 페이지부터 평소에 많이 받는 질문에 답변을 해보았으니, 많은 분들이 정신건강의학과를 좀 더 친근하게 느낄 수 있으면 좋겠습니다.

제가 어떤 감정을
느끼고 있는지 모르겠어요

회사에 갈 때마다 불안하고 부정적인 마음에 시달립니다. 사람들 앞에 있는 저는 제가 아닌 것 같고, 어떤 감정을 느끼고 있는지 자꾸 잊게 돼요.

　최근 우울 장애, 불안 장애 등으로 정신건강의학과를 찾는 사람들이 꾸준히 증가하고 있습니다. 다른 연령층에 비해 20~30대 환자가 큰 폭으로 상승했어요. 정신 질환이나 정신건강의학과에 대한 인식이 개선된 이유도 있겠지만, 지금 우리 사회의 청년들이 많이 지쳐 있는 것 같아요. 학업이나 회사 업무의 어려움도 있지만 대인 관계에서 받은 상처나 스트레스로 병원을 찾는 분들이 더 많아요.

사회생활을 할 때 내가 나 아닌 다른 모습의 가면을 쓰고 사는 것 같다고 말하는 사람도 있어요. 화가 나도 아무렇지 않은 척 항상 웃는 모습을 보여야 한다는 압박을 받는 증상을 '스마일 마스크 증후군smile mask syndrome'이라고 합니다. 이는 이제 막 사회생활을 시작한 젊은 청년들에게 특히 많이 나타나는 경향이 있습니다.

사회생활이나 대인 관계로 인한 감정 소모가 많아서 차라리 본인의 감정이 없어졌으면 좋겠다고 말하는 사람도 있어요. 그렇게 되면 마음에 평화가 올 거라고 생각하는 거죠. 병원에 오는 많은 환자들은 자신의 감정이나 기분보다 주로 자기가 힘들었거나 스트레스 받았던 상황에 대해서만 설명해요. 그 상황에서 본인의 기분이 어땠는지 물어보면 당황하면서 모르겠다고 대답합니다. 대인 관계에 문제가 생겼을 때 상대의 기분은 어땠을지 물어봐도 대답하기 어려워해요. 힘들게 찾아온 병원에서까지 본인의 감정을 드러내기 어려워할 만큼 많은 사람이 자신의 감정을 억누르고 무시하며 살고 있어요.

감정을 표현하지 않고 억제하다 보면 나중에는 내가 지금 어떤 감정을 갖고 있는지, 이런 감정을 느끼는 이유가 무엇인지 알 수 없습니다. 그러다 보면 이유 없이 짜증 나고 우울해지며, 분노가 조절되지 않아서 부적절한 방식으로 감정을 표출하게 됩니다. 계속 자신의 감정을 무시하다 보면 나중에는 타인의 감정도 헤아리지 못하게 되고, 타인에게 의도치 않은 상처를 줄 수 있습니다.

다양한 감정이 나를 찾아올 수 있다는 걸 잊지 마세요. 부정적인 감정을 느끼는 것 또한 매우 자연스러운 현상이기 때문에 이를 불편해하거나 자책할 필요는 없습니다. 내가 느끼는 감정을 부정하고 무시하기보다 지금 느끼고 있는 감정이 어떤 종류의 감정인지 들여다보고 인정하는 게 우선이에요. 다만 내가 느끼는 부정적인 감정들을 받아들이기 위해서는 용기가 필요합니다.

감정emotion이라는 영어 단어는 '움직인다'는 뜻의 라틴어 'Movere'에서 유래했습니다. 감정은 내가 나아가는 방향을 정하는 데 중요한 역할을 하며 내가 원하는 게 무엇인지 알게 해줘요. 지금 느끼는 감정이 어떤지 솔직히 생각하고 분석하면 오히려 한 발짝 떨어져서 나를 바라볼 수 있습니다.

오늘 하루 있었던 일과 그에 대한 감정을 기록하는 '감정 일기'를 써보세요. 일기가 나의 감정을 객관적으로 볼 수 있도록 도와줄 거예요. 감정 일기를 통해 정리된 내 일상과 감정을 가족이나 친구들과 나누며 소통하는 것은 심리적 안녕감에 긍정적인 영향을 줄 수 있습니다.

저 말고 다른 사람들은
모두 자존감이 높아 보여요

주변 사람들은 모두 자존감이 높은 것 같은데 저는 제 단점밖에 보이지 않아요. 낮은 자존감을 들킬까 봐 전전긍긍하다보면 제가 더 작아지는 기분이 들어요. 자존감을 높이는 좋은 방법이 있을까요?

　자존감은 내가 나의 가치를 측정하는 지표입니다. 타인이 나를 평가하는 게 아니라 내가 나를 얼마나 사랑하고 존중하는지를 평가하는 거예요. 자존감에 영향을 미치는 요소에는 자율성과 주도성이 있습니다.

　제가 대학 병원에 있을 때 좋은 학벌과 좋은 직장을 가진, 일명 '엘리트 코스'를 밟은 분이 진료를 받으러 왔어요. 누가 봐도 성공한 인생이었지만 본인이 진짜 원했던 성취가 아니라 타인이 만든 기준에 맞춰 열심히 살아온 거예요. 그분은 현재 본인의 인생이 주도적이고 자율적이지 못하다고 판단했고, 그래서 자존감이 낮았어요. 남들이 좋다는 직장에서 일하고 누가 봐도 좋은 조건의 배우자와 좋은 동네에 살지만 정작 본인이 원했던 인생이 아니라면 자존감이 낮을 수 있어요.

그런데 왜 요새 '자존감'이라는 단어가 많이 보이는 걸까요? 요즘은 SNS와 미디어의 발달 덕분에 실시간으로 다양한 삶을 볼 수 있게 되었습니다. 좋든 싫든 타인의 영향을 많이 받을 수밖에 없어요. SNS에 찍힌 '좋아요' 숫자에 연연하게 되면 자신도 모르게 방향성을 잃을 수 있어요. SNS를 적극적으로 사용하지 않더라도 알게 모르게 타인의 소식을 구경하며 '이렇게 사는 게 맞나, 이런 게 멋있는 건가' 하며 고민하게 됩니다.

자존감을 이루는 조건을 만드는 건 좋지 않은 습관입니다. '살을 빼면', '취직을 하면', '비싼 옷을 입으면', '자동차를 사면' 등의 조건에 주목하다 보면 그게 사라졌을 때 자존감이 무너져버릴 수 있어요. 자존감이 높아질 수 있는 조건을 만들기보다 내가 어떤 사람인지 잘 알고 있으면 좋겠습니다. 남들이 보지 못하는 본인의 장점과 단점을 스스로 발견하고, 여러 단점에도 불구하고 열심히 살아가고 있는 본인을 칭찬해주세요. 내가 나를 좋아하지 않는데 누가 날 좋아해주겠어요. 타인에게 휘둘리기보다 스스로에게 부끄럽지 않은 '내 인생의 주인'이 되면 좋겠습니다.

현재의 직업이나 취미 또한 남들이 좋다고 말하는 것보다 내가 좋아하고 원하는 걸 꾸준히 하는 게 좋아요. 만약 글 쓰는 걸 좋아한다면 하루에 1시간이라도 글을 쓰고, 운동을 좋아한다면 하루 30분이라도 운동을 지속해보세요. 나와의 약속을 지키면서 인생의 주도권을 가져오는 노력을 하는 거예요. 자존감의 요소에는 긍정적 성취와 내 인생을 내가 통제하고 있다는 주도성이 있기 때문에, 그 두 가지를 유념에 두고 실행해보면 좋겠습니다.

우울한 기분이
지속되는 게 버겁습니다

마음이 힘들고 외로워요. 우울한 기분이 지속되니까 사는 게 재미없고 매사에 무기력합니다. 제가 혹시 우울증에 걸린 건가요? 만약 우울증이라면 꼭 병원에 가서 약을 먹어야 하나요?

누구나 우울할 수 있지만 어떤 사람은 우울감이 지속되고 어떤 사람은 신경질이나 짜증이 날 수 있어요. 그런 감정이 2주 이상 지속되면 의심을 해봐야 합니다. 우울증을 의심해볼 수 있는 다섯 가지 징조를 말씀드릴게요.

첫째는 만사에 재미와 흥미가 없어진 상태가 2주 이상 지속되는 경우입니다. 두 번째는 의사들이 제일 중요하게 생각하는 건데, 수면이나 식사에 문제가 생겼을 경우예요.

잠을 너무 적게 자거나 너무 많이 잘 때, 밥맛이 없거나 폭식을 할 때도 우울증일 수 있어요. 세 번째는 피곤하고 무기력해서 아무것도 하기 싫을 때입니다. 일상생활을 하면서 피곤하지 않은 사람은 없지만, 만일 그게 우울증 증상이라면 집중력이 크게 떨어지거나 성적이 떨어지는 등의 결과로 확인할 수 있어요. 네 번째는 스트레스성 두통과 소화 불량에 시달릴 때, 마지막으로 생각이 자꾸 부정적으로 바뀔 때 우울증을 의심해볼 수 있습니다.

밤에 자려고 누웠을 때나 새벽에 깨서 자꾸 안 좋은 생각을 하는 것처럼 생각이 꼬리에 꼬리를 무는 상태를 반추rumination라고 이야기해요. 예전에 했던 부끄러운 일, 상처가 됐던 말들을 자꾸 반복해서 생각하는 것도 우울증 증상 중 하나예요. 그래서 우울감, 수면과 식욕 문제, 피로와 무기력, 신체 증상, 부정적인 생각 중 하나라도 2주 이상 지속되면 우울증을 의심해볼 필요가 있습니다.

앞서 말했듯 우울증은 기본적으로 세로토닌이나 '노르에피네피린norepinephrine'과 같은 신경 전달 물질의 부족 또는 전두엽의 기능 저하로 생기는 병입니다. 이건 내 의지로 이겨낼 수 있는 게 아니거든요. 정신적인 스트레스가 신체의 변화로 이어져서 수면의 질, 식욕, 집중력 저하 같은 증상이 생겨요. 바로 이 부분을 약물을 통해 조절해야 합니다. 우울증 회복의 60~80퍼센트는 약이 도와줄 수 있어요. 당장 너무 힘든데 치료까지 받지 않으면 정말 견디기 힘들기 때문에, 약으로는 회복을 돕는다고 생각하면 좋을 것 같아요.

약과 심리 상담을 제외한
치료 방법에는 무엇이 있나요?

우울증 때문에 심리 상담을 받고 있습니다. 상담을 받을 때는 괜찮은데 며칠 후면 다시 우울한 기분이 몰려와요. 웬만하면 약을 먹고 싶지 않은데, 약물 치료와 상담을 제외한 다른 치료 방법은 무엇이 있을까요?

정신건강의학과 치료라고 하면 대부분 면담과 약물 치료 정도를 생각하는데, 정신건강의학과도 이비인후과나 내과처럼 다양한 치료 방법이 있어요. 이 기회에 전기 경련 치료electroconvulsive therapy, ECT와 경두개 자기자극술transcranial magnetic stimulation, TMS을 소개할게요.

전기 경련 치료라고 하면 고문 아니냐고 할 수 있지만, ECT 치료는 수십 년간의 메타 분석*을 통해 안전과 효과가 입증된 치료입니다. 우리나라는 주로 입원해서 치료를 하는데 외래로 진행하는 경우도 많아요. 1977년 개봉한 영화 〈뻐꾸기 둥지 위로 날아간 새〉의 주인공 맥머피(잭 니콜슨)가 정신건강의학과에 입원해서 ECT를 마취 없이 마치 고문처럼 받는 장면이 있었습니다. 이후 미국에서는 한동안 ECT를 금지하기도 했어요. 사실 마취를 안 했으니 그럴 수밖에 없었을 것 같아요. 지금은 당연히 전신 마취후에 치료를 진행하게 되어 있습니다.

　보통 정신건강의학과 약의 효과를 보려면 몇 주 정도의 기간이 소요됩니다. 하지만 내가 당장 심각한 자살 위협에 시달리거나 망상, 환청 등의 증상이 있으면 몇 주를 기다리기 어렵겠죠. 환자가 입원을 한다 해도 병원 안에서 위험한 행동을 할 수 있고요. 따라서 약물 치료를 못 하는 경우거나 임산부인데 우울증, 조울증, 조현병을 진단 받았을 때 ECT를 시행할 수 있습니다.

＊　동일하거나 유사한 주제로 연구된 많은 연구물들의 결과를 객관적이고 계량적으로 종합하여 고찰하는 연구 방법이다.(한국성인교육학회, 『교육평가 용어사전』, 학지사, 1998)

전문의 1년 차 때는 환자 한 분을 맡아서 진료하기 때문에 매일 그 환자하고만 면담을 했어요. 예전엔 이걸 '정성 테라피'라고 불렀는데, 실력도 부족하고 모르는 게 많으니까 정성과 시간으로 치료한다는 뜻이었죠. 저의 첫 환자는 누가 자기를 쫓고 감시한다는 망상과 환청이 심한 분이었어요. 약을 써도 듣지 않아서 입원한 지 한 달이 지나도 상태가 나아지지 않았어요. 제일 심각한 문제는 식사 거부였는데, 몸무게가 10~20킬로그램씩 줄어드는 거예요. 당시에는 '내가 치료를 잘 못해서 환자가 낫지 않는 건가' 하고 자책을 하기도 했는데, 그때 교수님이 ECT를 제안하셨어요.

처음 해보는 거라서 무섭기도 했고 환자와 보호자에게 잘 설명해야 한다는 부담감에 미리 공부를 많이 했습니다. 의사인 제가 불안해하면 안 된다는 생각이 들었거든요. 환자와 보호자에게 해당 치료에 대해 자세히 설명하고 동의를 받은 다음 ECT를 시행했는데, 놀랍게도 환자분이 ECT를 받자마자 식사를 하셨어요. 조현병의 경우 보통 8~15번 정도 ECT를 시행하는데, 그걸 다 받고 난 다음 환자의 상태가 매우 좋아졌습니다. 그 이후에도 외래를 꾸준히 다니더니 4~5년 동안 입원하지 않고 잘 지내셨죠.

ECT의 기전은 '리셋reset'입니다. 우울증은 뇌의 다양한 신경 전달 물질에 교란이 일어난 상태이기 때문에, 리셋을 통해 제자리를 찾게 돕는 거예요. 만일 정신건강의학과 의사가 ECT를 권했다면 본인이 그만큼 치료가 시급한 상태라는 뜻입니다.

이 치료는 만성보다 급성 증상에 더 적합합니다. 갑자기 자살 시도를 한다거나 망상이 너무 심해져서 빨리 치료해야 할 때 좋은 효과를 볼 수 있어요. 예를 들어 임산부인데 망상이 심하고 자살 시도를 하려고 한다면 약을 쓸 수도 없으니 매우 위험하잖아요. 이럴 땐 즉각적인 상태 변화를 위해 ECT를 시행하는 게 좋습니다. 저의 첫 환자처럼 극심한 식사 거부 상태일 때도 ECT 치료를 할 수 있는데, 유지 치료를 위해서는 약을 써야 합니다. 이처럼 ECT로 증상을 확 좋아지게 한 다음 재발을 막기 위해 약물을 쓰기도 합니다.

유지 치료로 ECT를 쓰는 경우에는 한 달에 한두 번 정도 시행합니다. 마취 후에 시행하기 때문에 안전하지만 어떤 치료든 부작용이 있죠. ECT는 전기를 이용해 머리에 강제로 경련 발작을 일으켜서 뇌에 강한 자극을 주는 치료이기 때문에 본인도 모르게 이를 꽉 깨물어서 치아가 조금 흔들릴 수 있어요. 또 치료 후 두통을 호소하기도 하는데 대부분 금방 사라집니다. ECT의 가장 심각한 부작용은 기억상실^{amnesia}인데, 보통 6개월 내 회복된다고 알려져 있습니다. 제가 만나본 환자 중에서는 심각한 기억상실을 겪은 분은 없었지만, 간혹 치료 후 불편을 호소하는 환자들이 있었습니다. 그러나 ECT를 권유받는 환자 대부분이 매우 심각한 우울증이 있는 상태이므로, 이 부분을 감안하고도 시도해봐야 한다고 생각합니다.

다음으로 TMS는 두피에 코일을 댄 다음, 코일의 자기장을 이용하여 두피와 두개골에 전기 자극을 보내는 치료입니다. TMS는 ECT와 달리 경련을 일으키지 않기 때문에 ECT에 비해 부작용과 통증이 덜하고 마취도 필요 없어요. CT(컴퓨터 단층촬영)는 방사선이 나와서 조심해야 하지만 MRI(자기공명 영상법)는 그와 상관없이 안전한 것처럼, TMS도 자기장을 이용하기 때문에 안전합니다.

정신건강의학과에서 우울증에 대해 공통적으로 내놓는 연구 결과가 바로 좌측 전전두엽의 기능 저하입니다. TMS는 기능이 떨어져 있는 전전두엽을 고빈도로 자극해서 활성화시키는 치료입니다. 우울증 환자가 TMS 치료를 받고 신경 회로가 활성화되면 우울증 증상이 조금 호전됩니다.

TMS 치료는 우울증이 굉장히 심하지만 약물 치료에 반응이 없는 분들에게 많이 시행해요. 불안 장애나 강박증에도 사용했던 연구가 많지만 아직까지는 우울증에 관한 연구가 제일 많이 되어 있습니다. TMS 기계는 미국 식품의약국FDA, 한국 식품의약품안전처에서 승인을 받은 기계이고, 이미 다양한 연구가 진행되어 있으며 실제로 효과를 보신 분들이 있어요. 대부분의 대학 병원에 TMS 기계가 하나씩 있으며, 이비인후과에서도 쓰지만 신경과나 재활의학과 같은 곳에서도 많이 사용합니다.

병원에 오는 환자 중에서 약에 심한 부작용을 보이는 분들이 있는데 이런 분들에게도 TMS 치료가 도움이 됩니다. 사실 어떤 약이든 부작용이 있고 정신건강의학과 약이라고 더 심한 부작용이 있는게 아니거든요. 약국에서 사 먹는 일반적인 약에도 부작용이 있을 수 있고 그 반응도 사람마다 다 달라요. TMS는 약물 부작용이 심한 분들과 임산부에게도 안전하게 시행할 수 있는 치료입니다.

공황장애에 대해
알고 싶어요

특정 생각을 하면 가슴이 빨리 뛰고 숨이 거칠어집니다. 이럴 때면 머리가 핑 돌고 어지러운 느낌이 들어요. 제 증상이 TV에서 자주 언급되는 공황장애와 비슷한 것 같은데, 공황장애는 어떤 질병인가요?

공황장애는 갑작스럽게 시작되는 가슴 두근거림, 죽을 것 같다는 공포감, 호흡 곤란, 어지러움, 흉통, 손발 저림, 신체 떨림과 같은 증상이 예측할 수 없는 어느 순간에 갑자기 생겨나는 불안 장애입니다. 대부분 수분 내로 이런 증상들이 나타나며, 전조 증상이 있는 사람도 있어요. 급격한 신체 증상으로 응급실이나 병원을 찾아온 환자 중에서 머리가 아프거나 곧 쓰러질 것 같은 사람은 CT를 찍고 심장 쪽이 불편한 사람은 심전도 검사를 하는데, 결과적으로 신체에 별문제가 없으면 그때 정신건강의학과 진료를 권유받습니다. 그러나 이렇게 급격하게 나타나는 증상은 지속되지 않고 호전과 악화를 반복합니다. 또한 정신건강의학과에 대한 부정적인 인식이 작용해서 치료를 받지 않는 경우가 있어요. 그래서 공황장애 중 꼭 치료를 받아야 하는 몇 가지 경우를 말씀드리려고 합니다.

첫 번째는 발작이 굉장히 심했을 때예요. 잠깐 발작이 생겼다가 금방 좋아지는 경우도 있지만, 갑자기 쓰러졌는데 좋아지지 않아서 응급실까지 가게 되면 예후가 정말 좋지 않을 수 있습니다. 두 번째는 공황장애와 광장공포증agoraphobia이 같이 있을 때입니다. 광장공포증은 사람이 많고 도망치기 어려운 곳에 있는 걸 두려워하는 증상을 말합니다. 광장공포증이 있는 사람은 밀폐된 공간 안에 사람이 많으면 항상 탈출구를 봐요. 세 번째는 증상이 오래 지속되었을 때인데, 공황장애는 병원에 빨리 방문할수록 치료에 도움이 됩니다. 다른 정신 질환 없이 공황장애만 있으면 치료가 매우 수월해요. 네 번째는 우울증이 겹치는 경우, 다섯 번째는 어렸을 때 부모와 이별했거나 이혼·사별의 경험이 있을 때, 여섯 번째는 대인 관계에 예민한 사람일 때입니다. 또 미혼, 사회 경제력이 낮을 때, 성격 자체가 불안한 성격일 때, 처음 받았던 정신건강의학과 치료에 반응이 없었을 때 공황장애 치료의 예후가 좋지 않을 수 있습니다.

심장계나 호흡기계 질환의 가능성을 배제한 공황장애는 신체와 생명을 위협하는 질환이 아닙니다. 예를 들어 보행자 신호등에 파란불이 들어와서 횡단보도를 건너려고 하는데 자동차가 쌩하고 지나갔다고 생각해보세요. 갑자기 몸이 긴장되고 심장이 빨리 뛰면서 불안해지겠죠. 이건 우리 몸의 자율신경계에서 교감신경이 활성화되어 나타나는 반응입니다. 공황장애는 이런 상황이 아닌데도 교감신경이 활성화되는 걸 말합니다. 가만히 누워서 쉬고 있을 때 이런 증상이 나타나면 굉장히 무섭고 곤란하겠죠. 수분 내로 급속하게 증상이 나타나는 건 자율신경계나 세로토닌 등에 교란이 생기기 때문입니다.

공황장애가 발생했을 때는 먼저 천천히 심호흡을 하면서 지금 눈앞에 보이는 세 가지, 들리는 세 가지, 느껴지는 세 가지에 집중해보세요. 이를 '그라운딩grounding 기술'

이라고 합니다. 공황 발작이 오면 신체 감각이 예민해지면서 증상이 더 심각해질 수 있기 때문에 지금 앞에 있는 걸 하나씩 보고 듣고 느끼면서 심호흡을 해주면 안정을 찾을 수 있습니다. 주변의 누군가에게 공황 발작이 발생했을 때도 상대를 안정시켜주면서 그라운딩 기술을 시행해보세요. "괜찮아, 눈앞에 보이는 것 세 가지를 얘기해봐. 심호흡 가능해? 천천히 숨 쉬어봐." 이렇게 상대가 안정을 취할 수 있도록 도와주면 증상 완화에 큰 도움이 됩니다.

공황장애는 약물에 반응을 잘 하는 질환이기에 증상이 나타났을 때 빨리 치료를 받으시는 게 좋아요. 약물 치료를 하면 6~12개월 정도 약을 복용하도록 권유합니다. 물론 증상은 그보다 좀 더 빨리 경감되지만, 재발을 막기 위해 반 년 이상 처방합니다.

잠을 잘 자면
정신도 건강해지나요?

정신건강의학과에 방문하면 요즘 잠은 잘 자고 있는지 물어봅니다. 수면의 질이 좋지 않으면 정신이 건강하지 않을 가능성이 큰가요? 좋은 수면을 취할 수 있는 방법을 알려주세요.

요즘 마음 건강에 관심을 갖는 사람이 많아졌습니다. 마음을 건강하게 유지하기 위해서는 어떻게 해야 하는지 묻는 분도 많아요. 환자들 대부분은 병원에 오기 전에 불안감, 우울감, 무기력감을 극복하기 위해 다양한 시도를 합니다. 마음을 안정시키는 책을 읽기도 하고 여행을 떠나기도 해요. 사람들을 만나면 나아질까 싶어서 지친 몸과 마음을 이끌고 모임에 나가기도 합니다. 이런 시도를 통해 마음이 나아지면 좋겠지만, 병원에 올 정도로 힘든 상황이라면 스스로의 노력으로 불안감과 우울감을 떨쳐 낼 수 없는 상태일 거예요. 계속 누워 있고만 싶고 아무것도 못 하겠다고 말하는 이들이 많은데, 이분들은 앞서 이야기한 방법들을 지속적으로 시행할 수 없는 상태겠죠.

진료실에서 가장 강조하는 건 충분한 수면 시간의 확보입니다. 수면은 정신 건강에 굉장히 중요해요. 공부하느라 밤을 새거나 야근 때문에 잠을 자지 못했을 때 신경질이나 짜증이 났던 경험을 한 번쯤은 해보셨을 거예요. 조용한 밤, 어두운 침대 안에서 잠을 자지 않고 깨어 있으면 사소한 고민이나 걱정도 크게 느껴집니다. 생각이 꼬리에 꼬리를 물면 이미 가지고 있던 정신적인 증상이 더욱 악화되기도 합니다.

병원에 찾아오는 환자들은 수면 리듬이 망가져 있는 경우가 매우 많아요. 수면 시간을 통제하고 있다는 건 일상의 주도권을 본인이 가지고 있다는 말과 같아요. 망가진 생활 리듬이 건강한 상태로 되돌아갈 수 있다는 긍정적인 신호이기도 합니다. 이전에 실패했거나 시도하지 못했던 여러 일에 다시 도전해볼 수 있는 자신감을 얻을 수도 있고요. 그렇지만 하루아침에 망가진 수면 패턴을 건강하게 바꾸는 것은 불가능합니다. 쉽게 바뀌지 않는 수면 패턴에 실망하기보다 건강한 삶을 위해 노력하는 스스로를 격려하며 꾸준히 시행해보세요. 먼저 일정한 시간에 잠자리에 들고 일정한 시간에 기상할 수 있도록 노력해보고, 그게 어렵다면 기상 시간만이라도 일정하게 만들어보세요.

수면 다음으로 강조하는 건 활동량을 늘리는 것입니다. 이 말을 무조건 운동하라는 말로 오해하면 안돼요. 물론 운동이 우울감이나 불안감을 호전시키고 우울증을 예방하는 데 큰 효과가 있다는 건 널리 알려져 있습니다. 독일에서 시행된 연구에 따르면 하루 30분씩 10일 동안 달리기를 했을 때 우울 증상이 호전된 걸 볼 수 있습니다. 짧은 기간이라도 꾸준히 운동하면 우울감을 감소시킬 수 있어요. 그렇지만 진료실에서 만나는 환자 대부분은 운동 계획을 세워도 실천하기를 어려워해요. 그래서 저는 본격적인 운동보다 활동량 늘리기를 추천합니다. 집 근처 공원을 산책하거나 아파트 계단을 오르는 정도만으로도 좋아요.[25]

종종 부정적인 생각을 떨쳐버리기 어렵다고 이야기하는 환자들이 있어요. '코끼리를 생각하지 말라고 하면 코끼리만 생각이 난다'는 유명한 말처럼, 부정적인 생각을 하지 말아야 한다고 생각할수록 오히려 부정적인 생각에 사로잡히게 됩니다. 이런 경우에는 의식적으로 다른 일에 집중해서 생각의 고리를 끊어주세요. 가장 간단한 방법은 부정적인 생각이 나는 그 장소를 떠나서 걷는 거예요. 걸으면서 길가나 하늘 등의 풍경을 보거나 나를 둘러싸고 있는 소리, 지금의 분위기나 바람을 느껴보세요.

환자들에게 권하는 가장 좋은 활동 시간은 기상 직후입니다. 대부분은 눈을 뜬 후에 바로 활동하지 않고 침대에서 뒹굴뒹굴하는 경우가 많아요. 이런 시간이 길어지면 수면에 부정적인 영향을 주고 무기력해질 수 있어요. 기상 직후 집 밖을 산책하면 내 몸이 하루의 시작을 인식하고 활동량 또한 늘어서 수면 패턴을 회복시키는 효과가 있습니다. 일조량 부족 또한 우울증과 불면증의 주요한 원인이므로 아침 햇살 아래에서 산책하면 큰 도움이 됩니다. 수면과 마찬가지로 활동량을 늘리는 것도 쉽지는 않아요. 오늘보다는 내일, 지난주보다 이번 주의 활동량을 조금씩 더 늘린다는 생각으로 시도해보면 좋겠습니다.

병원에 오는 환자들에게 무엇을 할 때 행복한지 물어보

곤 하는데, 대개 잘 모르겠다고 대답해요. 저는 각자 자신만의 소확행을 찾기 위해 다양한 시도를 해야 한다고 생각합니다. 남들한테 행복감을 주는 활동이 나에게는 맞지 않을 수 있어요. 저의 소확행은 주말의 짧은 낮잠입니다. 고민과 걱정거리, 스트레스가 있을 때 낮잠을 자면 조금 나아졌다는 기분이 들어요. 휴식을 할 때도 적극적이고 능동적으로 쉬세요. 정해진 시간까지 일하고 적절한 휴식을 취하는 것이 일의 능률이나 집중도를 높이고 컨디션을 관리하는 데 더욱 좋습니다.

휴식을 취할 때는 무엇을 하면서 쉴지 미리 계획해보세요. 쉬는 시간을 계획하라는 건 꼭 외출해서 누군가를 만나라는 말이 아니라, 집에서 쉬더라도 무엇을 하고 무엇을 먹을지 계획해보라는 뜻이에요. 비록 작은 일이더라도 스스로가 계획했던 일을 실행했다는 성취감을 얻는 과정은 중요합니다.

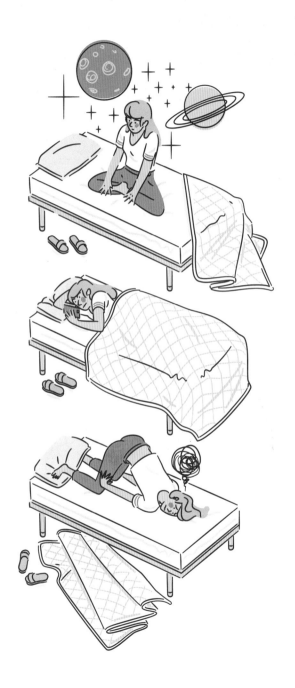

3장

시끌벅적
세 사람의 이야기

의사라는 멀기만 했던 꿈

 낙준 | 해보고 싶은 게 너무 많아서

돌이켜 보면 고등학교 3학년 시절이 그렇게 괴롭지는 않았습니다. 하루하루 충실하게 채워나가는 느낌과 어제보다 오늘 더 많이 알게 되었다는 충만감이 있었으니까요. 같은 목표를 향해 함께 달리던 친구들도 있었고요. 떠올리는 것만으로도 흐뭇해지는 시절이죠. 하지만 누군가 제게 '고3 때로 돌아갈래, 대학교 1학년 때로 돌아갈래'라고 묻는다면 아마 주저 없이 대학교 1학년 때를 택할 거예요.

스무 살을 표현할 수 있는 단어는 무수히 많지만 그중에서도 저는 '자유'라는 단어를 말하고 싶어요. 이전까지는 주어지지 않았던 것이니까요. 정해진 옷, 정해진 머리 스타일, 정해진 커리큘럼을 따라야 했던 중고교 때와는 달리 대학에서는 아무것도 정해주지 않았습니다. 필수 과목이 있었지만 수강 신청으로 요일을 선택할 수 있었죠. 옷이나 머리 같은 건 그야말로 자유 그 자체였습니다.

이전에 조금이나마 겪어봤다면 나았을 텐데, 당시 저에게 주어진 자유는 너무 급작스러웠습니다. 모든 제약이 단번에 사라진 느낌이었어요. 그래서였을까요? 저는 조금 폭주했습니다. 그땐 몰랐었는데 지금 와서 생각해보면 그래요. 탈색이 너무 해보고 싶어서 머리를 노랗게 물들였어요. 스무 살의 저에게 자유란 어른들과 선생님이 하지 말라고 했던 걸 마음껏 해보는 것이었나 봐요. 지금은 시간이 많이 흘러서 스무 살의 제가 했던 생각이 정확히 기억나지 않지만, 그 이유가 무엇이었든 사진첩엔 노란 머리를 한 저의 모습이 자리하고 있어요. 어울리지도 않는 머리를 왜 그렇게 고집했을까요?

하지만 고작 머리를 노랗게 하는 것만으로는 자유를 만끽할 수 없다고 생각했던 모양입니다. 그래서 여러 동아리에 가입했는데, 그 과정이 매우 즉흥적이었습니다. 맞아요,

당시 저의 행동에는 즉흥적이라는 단어가 딱 어울립니다.

일단 농구부에 들었습니다. 중고교 시절 점심시간에 잠깐 농구를 해본 적은 있지만, 정식 경기를 해본 적은 없었어요. 레이업 슛도 못 하는 사람이 농구를 해봤다고 말할 수는 없잖아요. 게다가 저는 키가 큰 편이 아닙니다. 지금 이렇게 말하는 것에도 양심의 가책을 느낄 정도라고 보시면 돼요. 그런데 농구부에 들어갔으니 잘될 리가 없죠. 엄청 힘들었지만 저는 그걸 자유의 대가라고 생각했던 것 같아요. 그 힘든 농구부를 무려 2년이나 계속했던 걸 보면 말예요. 덕분에 레이업 슛은 할 수 있게 되었지만 여전히 농구를 잘 한다고는 도저히 말할 수 없는 실력입니다. 아니, 사실은 농구부였다는 걸 말하는 순간 모두가 놀랄 정도의 실력이에요.

그다음으로 스키부에 들어갔습니다. 스키부는 겨울방학에 5주간 합숙 훈련을 했어요. 여름엔 농구부 때문에 방학을 헌납했고 겨울엔 스키부 활동으로 시간이 거의 없었어요. 조금이라도 생각이 있었다면 그런 결정을 내리지 않았을 텐데, 당시의 저는 정말 즉흥적이었어요. 불행 중 다행으로 스키부에서 제 평생의 인연들을 만날 수 있었습니다.

현재 닥터프렌즈를 같이 하고 있는 우창윤과 닥터프렌즈에 출연한 적은 없는 김선웅이라는 친구를 만났어요. 방학이 없어져서 힘들긴 했지만 평생 가는 친구들을 사귀었으니 이 선택은 남는 장사였네요. 또 하나 다행인 것은 제가 그나마 스키에 더 소질이 있었다는 점입니다. 나름 한국대학스키연맹에서 발행한 스키 선수증도 있었다니까요? 비록 시합에 나갔을 땐 미끄러져서 실격을 당했지만, 그래도 어디 가서 스키부였다고 말할 정도의 실력은 되는 거 같아요.

놀랍게도 제가 했던 동아리가 하나 더 남아 있어요. 마지막으로 미뤄뒀던 만큼 저에게 가장 중요한 동아리, 기독의료학생회CMF입니다. 제가 비록 머리는 노랗게 물들이고 생각 없이 살았지만, 사실은 목사님 아들이거든요. 대학에 입학할 때 딱 하나 의무로 생각했던 게 바로 기독교 동아리에 들어가는 거였어요. 이렇게 말하니까 꼭 억지로 들어간 거 같지만 그건 절대 아닙니다. 기독의료학생회는 앞서 언급한 두 동아리에 미안할 정도로 정말 열심히 활동했습니다. 회장까지 했으니 말 다했죠. 스키부에서 만난 두 친구보다 더 중요한 사람, 바로 지금의 제 아내인 김진실을 만난 곳이기도 해요.

여러분, 고등학교 졸업하고 뭘 제일 하고 싶냐는 물음에 뭐라고 답했었나요? 제 소원은 여자친구를 만드는 것이었어요. 하지만 현실은 녹록지 않았습니다. 자유가 주어진다고 해서 하고 싶었던 일을 전부 할 수 있는 건 아니었어요. 특히 연애처럼 다른 사람의 의사가 중요한 일은 더더욱 그랬습니다. 이렇게도 저렇게도 해봤지만 잘 안 됐습니다. 아마 이만큼 노력했더라면 농구도, 스키도 지금보단 훨씬 잘했을 텐데. 연애 앞에서 노력은 배신하지 않는다는 말에 처음으로 회의를 느꼈습니다.

그러다가 만난 사람이 김진실이었어요. 솔직히 말하면 첫눈에 반한 건 아니었습니다. 동아리는 즉흥적으로 고를지 몰라도 연애 상대를 그렇게 고르는 사람은 아니었거든요. 다만 처음부터 웃는 게 예쁘다고 생각했던 것 같아요. 그러다 내 눈에 제일 예쁜 사람이라는 생각이 들 때쯤 고백하게 되었고, 그렇게 제 평생의 사랑이 시작되었습니다. 혹자는 그 이후로 기독의료학생회 활동이 눈에 띄게 뜸해졌다는 모함을 하기도 합니다. 그렇게 원하던 연애를 시작하자마자 동아리에 안 나오기 시작했다고요. 이제 와서 말하지만 전부 오해입니다. 그저 우연히 그때쯤부터 바빠졌을 뿐이에요.

저는 의대에 들어가서 농구부, 스키부, 기독의료학생회를 하면서 연애도 했습니다. 이외에도 잠시 행정고시 공부도 했었고, 카페 아르바이트도 해봤습니다. 스리랑카에 쓰나미가 덮쳤을 때에는 의료 봉사를 떠나기도 했죠. 말 그대로 하고 싶었던 건 다 해봤습니다. 그 과정이 전부 행복했냐고 물으면 잠시 망설이겠지만, 그 과정이 전부 의미 있었냐고 물으면 망설임 없이 고개를 끄덕일 거예요.

갑자기 주어진 방대한 자유를 너무 많은 활동으로 구속했던 건 사실이에요. 하지만 학생 신분이 아니면 또 언제 그렇게 즉흥적으로 살아볼 수 있을까요. 다 제가 자유에 미숙했기 때문에 가능했던 일이라고 생각합니다. 그 모든 과정이 자양분이 되어 제 인생의 뿌리가 만들어졌습니다. 비록 그 중에 어설픈 것도 있지만, 그럼에도 제 삶을 풍요롭게 만들었다는 사실은 자부합니다. 특히 제가 했던 다양한 경험들이 저의 또 다른 직업인 웹소설 작가 일을 하는 데 큰 도움이 되어주고 있어요. 그렇기 때문에 저는 지금도 하고 싶은 게 있으면 일단 한번 해보려고 합니다. 새로운 일이 시작되면 호랑이 등에 올라탄 것처럼 한동안 괴롭고 힘들겠지만, 그 과정이 마냥 행복하진 않더라도 분명 의미 있어질 테니까요.

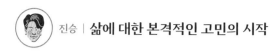

어린 시절에 단 한 번도 의사를 장래 희망으로 꼽은 적은 없었습니다. 고등학교 때는 영화 평론가를 꿈꿨어요. 하지만 영화 평론가는 주변에서 흔히 볼 수 있는 직업이 아니었기 때문에 어떻게 해야 하는지 잘 알지 못했고, 그 방법을 찾아볼 적극성과 여유도 없었던 것 같아요. 친구들과 어울려서 학교와 집을 왔다 갔다 하고 수행평가, 모의고사 등 눈앞에 있는 과제를 하나하나 해결하기 바빴습니다.

가채점한 수능 성적을 보고 친구들과 선생님들이 어디 의대를 지원할 거냐고 물어보더라고요. 어린 시절부터 호불호가 강하지 않고 무난하다는 말을 들었는데, 부모님과 학교 선생님들께서 제가 어떤 직업을 가져도 잘 적응할 것 같다는 이야기를 많이 해주셨어요. 그래서 수능 배치표를 보고 자연스럽게 제 성적에 맞는 의대에 지원하게 되었습니다.

의대 합격 소식을 들었을 때는 엄청 행복했습니다. 수능이 끝나고 가족끼리 제주도 여행을 갔을 때 합격 소식을 들었어요. 어릴 때부터 꿈꾸던 아버지의 모교에 입학을 하게 되어서 더 기분이 좋았습니다. 이전에 의사라는 일에 대해 진지하게 생각해본 적이 없었기 때문에, 입학을 앞두고 생전 보지 않던 의학 드라마를 보거나 의사들이 쓴 에세이나 의학 소설을 읽으면서 어떤 의사가 될지 상상해봤던 기억이 나요. 그렇게 기대감을 품은 채 입학을 기다렸습니다.

이미 의사가 된 것 같은 설렘을 안고 입학했지만 의사가 되는 과정은 생각보다 길었습니다. 예과, 본과 도합 6년의 과정이 호락호락하지 않을 거라는 건 예상했지만, 저에게는 '의대생의 꽃'이라는 예과 생활도 쉽지 않았습니다. 입학 후 2년 동안은 의학의 기초가 되는 생물, 화학, 물리 등을 배웠고, 나머지는 영어나 인문 교양 과목이 대부분을 차지했습니다. 중고교 동창들이 의대에 다니는 저에게 가끔 어디가 아프다고 어떡하냐고 물어와도 어떠한 답도 해줄 수 없었어요.

의학과 크게 관련이 없는 공부를 하다 보니 빠르게 흥미를 잃어갔습니다. 저처럼 성적에 맞춰 의대에 진학한 것이 아니라 입학 전부터 의사를 꿈꿨던 대부분의 동기들은 저와는 달리 의대 생활을 잘 해나가는 것 같았습니다. '의사라는 직업에 대해 진지하게 고민해보지 않았던 내가 좋은 의사가 될 수 있을까?' 하는 고민으로 방황했어요.

학업에 흥미를 잃고 방황하던 저를 잡아주었던 건 동아리와 친구들이었습니다. 어렸을 때부터 바이올린을 배웠기 때문에 다른 동아리는 전혀 생각해보지 않고 오케스트라 동아리 활동을 시작했습니다. 의대생들은 주로 의대 내 동아리 활동을 하는데, 제가 활동했던 오케스트라는 의대 내에서도 정말 큰 규모의 동아리여서 한번 모이면 대규모 인원이 모였어요. 일 년에 두 번 연주회가 있었는데, 교향곡과 협주곡을 소화하려면 방학 때마다 주 4회씩 학교에 모여서 연습을 해야 했습니다.

연습의 절정은 뮤직캠프라는 이름의 4박 5일 합숙 훈련이었는데, 이때는 밥 먹는 시간을 제외하고 아침부터 밤까지 연습을 했어요. 대규모 인원이 하나의 목표를 향해서 협동하고 함께 노력하는 경험이 정말 새로웠습니다. 각자 맡은 분야에서 제 몫을 해야 큰 조직이 문제없이 흘러간다는 걸 깨닫게 된 계기였어요. 동아리 내에서 저의 역할이 사소하다고 생각하고 큰 신경을 쓰지 않았을 때, 저로 인해 큰 문제가 발생해서 여러 사람을 불편하게 만들었던 경험이 있습니다. 그 사건 이후 동아리 활동에 정말 성실하게 임했습니다.

저희는 프로 연주자가 아니기 때문에 연주뿐만 아니라 다양한 일을 해야 했어요. 보면대 수십 개를 나르고, 졸업한 선배들에게 연주회 소식을 알리기 위해 병원에 직접 찾아가고 후원금을 받기도 했어요. 같이 고생했던 오케스트라 동기들과 많은 추억을 쌓으며 친해졌을 뿐만 아니라, 연습할 때마다 와서 응원을 해준 선배들을 보며 자극을 받기도 했습니다.

대학 병원에서 인턴이나 레지던트로 근무하던 선배들을 만나면서 병원 생활 이야기를 숱하게 들었습니다. 바쁘게 열심히 사는 선배들을 보며 '나도 저런 의사가 되고 싶다'는 생각이 들었고, 의사가 되려면 지금처럼 나태하게 살면 안 되겠다는 결심도 했습니다. 선배들 중 저와 비슷한 고민을 한 분도 많았기에 도움이 되는 좋은 말도 많이 들었습니다. 정신건강의학과 의사였던 동아리 선배가 어떤 일을 하는지 이야기하는 걸 들으면서 정신건강의학과에 관심을 가지기 시작했습니다.

오케스트라 연주를 도와주기 위해 의대생뿐 아니라 지휘자들과 음대생들도 많이 왔습니다. 처음 보는 사람들과 이야기 나누는 게 쉬운 일은 아니었지만, 덕분에 다른 분야에 있는 여러 사람과 얘기하는 즐거움을 알게 되었습니다. 의대를 졸업한 지 한참이 지난 지금까지도 종종 그때 인연이 되었던 분들과 연락을 주고받으며 친하게 지내고 있을 정도예요.

동아리 친구들을 제외한 의대 동기 중에도 마음이 맞아서 붙어 다녔던 친한 친구들이 있습니다. 수업 때도 내내 붙어 있고 도서관에서 공부도 같이 했습니다. 시험이 끝나면 미팅도 하고 강의가 비는 시간이면 친구의 자취방에 가서 놀기도 했죠. 항상 붙어 다녔기에 서로에 대해서 너무 잘 알았고, 나중에 어떤 삶을 살고 싶은지, 꿈이 무엇인지에 대해 정말 많은 이야기를 나누었습니다.

의대에는 유급이라는 무서운 제도가 있어요. 수강한 여러 과목 중 한 과목이라도 F를 받으면 그 과목만 재수강할 수 없고, 다음 해에 전 과목 수업을 다시 들어야 합니다. 이 제도가 무서운 이유는 친한 친구들이 한 학년 위로 진급할 때 친구들과 떨어진 채 후배들과 함께 수업을 들어야 하기 때문이에요. 의대생이라면 누구나 한번쯤 유급을 할지도 모른다는 공포를 느끼게 되는데, 저는 학업에 흥미를 잃었던 예과생 때 유급의 공포를 여러 번 느꼈습니다. 친한 친구들이 모두 성실한 편이라 친구들과 같이 다니기 위해서는 저도 공부를 열심히 해야만 했어요. 이처럼 준비되지 않은 상태로 의대에 입학해서 방황하던 저를 잡아주었던 동아리와 친구들에 고마움을 느낍니다.

평생 할 수 있을 것 같은 일

의대는 예과 2년, 본과 4년 총 6년 과정으로 구성되어 있어요. 그중 본과 3학년 때는 의대 강의실이 아닌 대학병원에 출퇴근을 하며 실습을 합니다. 처음 의대에 입학했을 때는 아이들이 좋아서 소아과에 가려고 했어요. 하지만 아이들을 좋아하는 것과 소아과 의사가 되는 건 너무 다른 일이었습니다. 소아과 의사는 아픈 아이들을 많이 보게 되는 직업이니까요. 어느 과를 선택할지 고민하고 있을 때 주변 친구들이 저에게 정신건강의학과가 어울릴 것 같다는 얘기를 해주었고, 다양한 고민 끝에 정신건강의학과로 실습을 나가게 되었습니다.

저는 강의실에서 수업을 들을 때보다 실습할 때 더 열심히 공부했어요. 교수님 한 분의 강의를 백 명이 넘는 의대생이 듣던 학교에서와는 달리 실습 때는 교수님 한 분에 두세 명의 의대생이 배정됩니다. 병원 회진을 같이 돌거나, 외래에 들어가서 진료를 참관하거나, 수술실에 들어가는 등 교수님과 보내는 시간이 정말 많아져요. 그때는 교수님이 하시는 질문에 대답을 잘 하기 위해 열심히 공부했어요. 대답을 잘 해서 받은 칭찬은 저의 학습 의지를 높여주었거든요. 수업 시간에는 이해되지 않던 내용들이 실습을 돌면서 쉽게 이해되었어요. 시험공부를 하면서 '도대체 이걸 왜 외우는 거지?'라며 의문을 품었던 내용들이 실습을 통해 증명되었습니다. 다양한 증상으로 고통받는 환자들이 병원에 와서 진단을 받고 의사의 치료로 인해 호전되는 모습을 보면서 왜 외우고 공부했어야 하는지, 그 내용이 왜 중요한지 비로소 깨닫게 되었습니다.

정신건강의학과 보호 병동은 의사가 아니면 가볼 수 없고, 심지어 같은 병원에 근무하는 의사들도 가볼 일이 거의 없어요. TV나 영화 속에서처럼 어둡고 무서운 곳은 아닐지 겁나기도 했고, 강의 시간에 흥미 있게 들었던 과목

중 하나라서 설레기도 했어요. 보호 병동에 들어가기 전 선생님들에게 몇 가지 주의 사항을 들었지만 첫인상은 다른 병동과 큰 차이가 없었어요. 사실은 다른 병동보다 오히려 더 밝고 활기찬 느낌을 받았습니다. 탁구대도 있고 책과 보드게임도 많았어요. 게다가 환자들이 먼저 학생들에게 다가와서 반갑게 맞아주고 직접 병동 안내도 해주었어요. 실습 학생이었던 저희는 환자들과 함께 탁구도 치고 보드게임도 하며 시간을 보냈습니다. 교수님과 선생님들도 실습 기간 동안 공부하고 책을 읽는 것도 좋지만 무엇보다 환자들과 많은 이야기를 나누라고 말해주셨어요.

실습 기간 내내 환자들과 정말 다양한 이야기를 나누었습니다. 처음 보는 어린 학생인 저에게 자신의 이야기를 솔직하게 털어놓은 환자도 있었어요. 정신 질환이라고 하면 으레 낫지 않는 질환이라고 생각했는데, 혼란스러운 상태로 입원했던 환자들의 상태가 좋아지고 퇴원까지 하는 모습을 보면서 저의 생각이 선입견이었다는 걸 깨달았습니다. 정신 질환이 있는 사람도 나와 다르지 않다는 걸 느낄 수 있었어요. 저뿐만 아니라 같이 실습을 했던 동기들도 환자들과 잘 어울려 지냈는데, 실습 마지막 날에는 환자들이 직접 송별 파티를 해주었습니다.

실습 기간을 보내면서 이렇게 환자들의 이야기를 들어주는 일이라면 평생 할 수 있겠다고 생각했어요. 의사가 아닌 실습 학생으로서 이야기를 들었기에, 정신건강의학과 의사는 도대체 어떤 일을 하는지 좀 더 깊이 알아가고 싶다는 마음이 들었습니다.

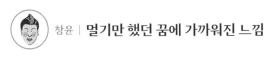

창윤 | **멀기만 했던 꿈에 가까워진 느낌**

의대생 때 이야기를 하려면 재수 이야기를 안 할 수가 없어요. 아직도 고3 수능 날이 생생하게 떠오릅니다. 두근 거리며 도착한 시험장에서 첫 교시인 언어 영역을 평소보 다 꼼꼼히 풀어야 한다는 생각에 읽고 또 읽으며 신중하 게 풀었어요. 덕분에 시간이 부족해서 마지막 지문 세 개 는 전혀 읽지 못한 채 찍어야만 했어요. 그때부터 제 정신 은 심하게 흔들렸고, 다음 교시인 수리 영역 1번 문제를 앞에 두고 문제 풀이보다 재수를 해야 할지를 고민했습니 다. 수학까지 시원하게 망친 다음 점심을 먹기 전 재수를 결심했습니다. 그렇게 홀가분한 마음으로 오후 시험을 치 른 뒤, 몇 달을 자책하며 보냈습니다. 정신을 차려보니 서 울의 한 재수 학원이었어요.

돌이켜 보면 재수를 했던 시간은 다시 한번 도전할 수 있는 기회의 시간이었지만, 처음에는 왠지 실패했다는 자 책감이 들었고 대학에 입학한 친구들과 저를 자꾸 비교하 면서 위축되었습니다. 그렇게 누나와 함께 사는 서울 생활 이 시작되었고, 돈이 없어야 딴생각이 들지 않는다며 매일

172

아침에 교통비와 밥값만 받아서 학원과 독서실, 집을 왔다 갔다 했습니다. 막상 재수를 시작하고 나니 목표가 생겼고, 목표를 위해 열심히 노력할 때 느낄 수 있는 보람과 잘 될지도 모른다는 기대감에 기분 좋은 날들을 보냈어요. 그렇게 1년을 보낸 후에 원하던 의대에 합격할 수 있었습니다.

아직 추위가 가시지 않은 3월의 어느 날, 입학생 선서를 위해 연단에 서면서 대학 생활이 시작되었습니다. 의대 입학 후 첫 2년간은 다양한 교양 수업을 접하면서 대학생이자 교양인이 되는 시간이고, 4년간의 본과 생활은 의학과 관련된 전공과목만을 공부하는 시간이에요. 의대 졸업 후에 병원에 지원하거나 과를 선택할 때 포함되는 성적은 주로 본과 성적이기 때문에, 많은 의대생이 예과 시절을 '천국과도 같은 시간'이라고 표현한답니다.

목련이 피기 시작하는 캠퍼스에서 예과생 신분으로 교양 수업을 들으러 가던 길, 그때 느꼈던 '드디어 대학생이 되었다'는 묘한 그 느낌이 아직도 생생하게 떠올라요. 저는 그동안 해보지 못했던 자유로운 생활을 너무나 꿈꿨습니다. 고등학생 때부터 꿈꿔왔던 캠퍼스의 낭만을 느껴보고 싶었어요. 이후 농구부, 스키부를 포함한 다양한 동아리 활동을 시작했고, 새로운 친구들을 만나서 술도 마시고 여행도 다니고, 읽고 싶었던 책도 맘껏 읽었습니다. 매일의 목적은 없었지만 매일 즐겁고 싶었습니다. 친구들과 삼삼오오 피시방에 가서 하루를 보내기도 하고 도서관에 가서 고등학생 때는 생각해보지도 못한 책들을 읽어보겠다고 끙끙대다가 돌아오기도 했어요. 하지만 머지않아 예과 생활에 위기가 찾아왔습니다.

1학기 기말고사가 끝나고 성적 발표가 나던 날이었습니다. 장학생 신분으로 입학했던 저는 일정 정도의 성적을 유지하면 계속 전액 장학금 지원을 받을 수 있었어요. 그런데 웬걸, 성적이 부족했습니다. 다행히 바로 자격을 박탈당하는 것이 아니라 한 번 보류되는 것이어서 다음 학기 학점이 3.5점 이상 나오면 다시 장학생 신분을 유지할 수 있었어요. 어느 정도 예상은 하고 있었지만 부모님 뵙기가 너무 부끄럽고 죄송스러웠어요. 방학이라 고향인 목포에 내려가 있을 때였는데, 장학금 보류 사실을 알고 도망치듯 서울로 올라왔습니다. 부모님께 다음 학기 학비는 내야 한다고, 학비 입금 부탁드린다며 문자로 연락드렸던 기억이 생생합니다.

1학기에 받은 낮은 학점은 출석 부족 때문이라고 생각하고 2학기부터는 교양 수업의 출석도 챙기고 최소한의 공부는 하자는 생각으로 학교 생활을 했습니다. 학점이 3.5점이 되려면 전체 평균 성적이 B+ 이상이어야 하는데, 당시 꽤나 자존감이 높고 자신만만했던 제게 그리 어려워 보이는 점수는 아니었어요. 그런 마음가짐으로 예과 1학년 2학기를 보냈고, 유난히 추웠던 겨울에 고향에 내려가서 2학기 성적을 열람했습니다. 제 평점은 3.42점이었습니다. 한 과목만 더 B+가 나왔다면 전액 장학생 자격을 유지할 수 있었던 거죠.

누나와 동생에게 먼저 비보를 알린 다음, 조용히 서울로 돌아가서 부모님께 편지를 쓰자고 생각했어요. 하지만 누나가 실수로 아버지께 이 소식을 이야기해버린 거예요. 아버지는 당연히 놀라셨고, 당황한 누나는 본인이 말했다는 사실을 비밀로 해달라고 부탁하고, 이 상황을 지켜보던 제 동생은 아버지가 그 사실을 알게 되었지만 저에게 말하지 않을 거라고 실시간으로 알려주었어요.

가족 간의 대화가 매우 적었던 어느 저녁이 지난 다음 날, 아침 일찍 서울로 올라와서 과외를 알아보고 부모님께 죄송하다며 전화했습니다. 서울에 올라올 때 집에서 가져온 게 아무것도 없어서, 먹을 게 마땅치 않은 춥고 서러운 겨울을 보내야 했습니다. 학생이었던 저에게 대학교 등록금은 정말 큰돈이었기 때문에 이런 상실의 과정을 통해 뭐라도 배워야 한다고 다짐했어요. 자취방에서 혼자 지내며 친구들에게 술도 많이 얻어 마셨던 시절이에요.

새로운 준비의 시간

그렇게 시작된 예과 2학년 때는 학교 수업에 더 관심이 없어졌습니다. 수업은 들으면서 흥미가 가는 것들 위주로만 공부하고, 흥미나 재미가 없는 수업은 F를 면할 정도로만 출석한 다음 시험을 봤습니다. 당시엔 시험과 관련 없는 책들이 정말 재밌었어요. 그때는 제가 지금까지 친하게 지내는 대학 동기인 이낙준, 김선웅과 친해진 다음이었는데, 둘은 책을 정말 많이 읽는 친구들이어서 제가 잘 모르는 작가들의 책을 추천해주곤 했어요. 심심할 때 도서관에 앉아 그 책들을 읽곤 했죠. 또 오래전부터 좋아했던 퍼즐에

빠져서 매일 새로운 퍼즐 문제를 풀고, 퍼즐 블로그를 만들어 운영하기도 했습니다. 이동 시간이 길 때는 못 풀었던 문제들을 기억해뒀다가 골똘히 고민하는 시간을 보냈어요. 오랜 고민 끝에 문제를 풀었을 때 느낄 수 있는 성취감이 정말 좋았습니다.

농구부에서는 주장을, 스키부에서는 훈련부장을 맡아 즐겁게 열심히 운동했습니다. 삼국지 게임이나 당시 유행했던 와우 등의 온라인 게임은 '더 이상은 못하겠다' 싶을 정도로 많이 했습니다. 연달아 장학금을 놓치고 다소 허탈하게 시작한 예과 2학년이었지만 1학년 때에 비해서 제가 그동안 하고 싶었던 활동을 더 많이 할 수 있는 시간이었습니다. 맡겨진 것들을 전부 해내야 한다는 압박 속에 살았던 저에게 처음 주어진 일탈의 순간이었어요. 열정적이었지만 성숙하지 못한 시간이었습니다.

하루하루 하고 싶은 것들을 좇다가 저녁이면 친구를 만나 "내가 좋은 의사가 될 수 있을까, 대체 난 뭐하고 있는 걸까?"라며 푸념을 하기도 했어요. 그렇게 보낸 2년의 시간은 너무 빨리 흘러갔어요. 정신을 차리고 보니 본과 입학 날이 다가왔습니다. 그때는 드디어 의학을 배운다는 두근거림과 엄청난 양의 학습량과 시험을 매주 소화해내야 한다는 압박감이 동시에 들었습니다. 이제 와서 생각해보니 마치 군 입대하기 전 마음 같았어요.

본과에서의 수업이 시작되었고, 다시 고등학생이 된 것처럼 강의실과 시간표가 지정되었습니다. 매일 오전부터 오후 늦게까지 정해진 일정대로 수업을 듣게 되는데, 월요일 오전은 한 시간 늦게 수업이 시작됩니다. 처음에는 월요병을 위한 배려인줄 알았는데 웬걸, 시험 주간이 시작되면 매주 월요일 첫 시간에 시험을 보기 때문에 한 시간이 비어 있던 거예요. 주말에 밀린 공부를 할 수 있도록 배려해주는 본과 커리큘럼의 사려 깊음에 참 감사하게 되었습니다.

여느 의대생들과 마찬가지로 저도 본과에 들어간 이후에는 열심히 공부했어요. 예과 때 장학금을 날린 경험이 있어서 더욱 겸손한 태도로, 마지막까지 내가 할 수 있는 최선을 다하자는 마음으로 공부했습니다. 시험을 망쳐서 재수도 해봤고 전액 장학금이라는 큰돈도 잃어봤기 때문에 시험 한두 문제나 석차에 크게 연연하지 않으며 공부했습니다. 의학을 공부한다는 보람과 힘들지만 친구들과 함께한다는 생각에 즐거움을 느꼈어요. 시험 끝나고 학교 앞 맥도날드에서 햄버거를 먹는 게 좋았고, 이 모든 과정이 좋은 의사가 되기 위한 여정이라는 생각에 즐거웠습니다. 본과 생활은 마라톤과 같기에, 이런 제 마음가짐은 긴 본과 생활을 힘들지 않게 지내는 데 도움이 되었습니다.

본과 생활에 적응하기 시작하면서 해부학을 포함한 다양한 의학의 기초와 각 분과별 학문을 공부하게 되었습니다. 본과 2학년 때는 내과학을 접하고 다양한 질환의 증상과 진단 방법, 치료 방법을 배웠어요. 어렴풋하게나마 졸업 후 의사가 되어 어려움에 처한 환자들의 병을 진단하고 치료하는 상상을 하기도 했습니다. 내과 질환의 증상은 서로 겹치기도 하고, 하나의 검사 결과에도 다양한 해석이 필요합니다. 무엇보다 내과 의사가 환자의 증상과 모호한 검사 결과들을 토대로 특정 질병을 논리적으로 찾아가는 과정이 멋지고 흥미로워 보였습니다. 마침 미국 드라마 〈닥터 하우스〉가 유행할 때여서 거기에 나오는 멋진 내과 의사처럼 되고 싶다는 생각을 했죠. 현실은 드라마와 매우 달랐지만요.

의대생 시절은 그동안 하나의 트랙만 달려왔던 저에게

트랙을 벗어날 수 있는 기회를 주었습니다. 그동안 하지 못했던 독서나 취미 생활을 하고 새로운 친구들을 사귈 수도 있었어요. 그리고 무엇보다 내과학이라는 학문을 처음 접하고, 내과 의사가 되고 싶다는 꿈을 꿀 수 있게 해준 준비의 시간이었습니다.

병원을 뛰어다니는 예비 의사들

 창윤 | **힘들지만 가슴 뛰는 기억**

2010년 초여름, 의대를 입학한 이후 제 인생에 가장 큰 영향을 미치게 될 선택을 해야 했습니다. 그건 앞으로 레지던트(전공의) 생활을 하게 될 전문과를 선택하는 것이었어요. 같은 의사일지라도 전문과에 따라서 많은 게 달라집니다. 외래에서 환자를 진료하면서 약 처방을 하거나, 수술을 주로 하기도 하며, 직접 환자를 진료하지 않고 판독이나 시술을 하기도 해요.

인턴(수련의)이던 저에게 과 선택은 마치 고1 때 내가 뭘 하고 싶은지도 모르는 채 이과와 문과를 선택해야 했던 순간처럼 막막했습니다. 수년 동안 공부했던 의학이라는 학문도, 짧은 인턴의 경험도 그 선택 앞에서는 큰 도움이 되지 않았어요. 당시 제 안목으로는 특정 과를 선택했을 때의 모습이 잘 그려지지 않았습니다. 술자리에서 선배들에게 주워들은 이야기들과 정신없는 인턴 생활의 짧은 경험은 삶의 큰 방향을 결정하기에는 턱없이 부족했죠.

처음부터 내과 의사가 될 생각은 아니었습니다. 의대생 때는 매주 치르는 시험에 허덕였고, 인턴이 된 이후에는 매일 해야 하는 일에 치여 지냈기 때문에 어떤 과를 선택해야 할지 깊게 생각해보지 못했습니다. 다만 인턴 사이에 유행하는 인기 과가 있었고, 성적이 좋은 사람이 인기 과를 먼저 고르는 분위기가 있었기에 저도 그렇게 결정할까 했었어요.

병원에서의 삶에 익숙해져가던 7월, 저는 문득 내과 의사가 되고 싶다는 생각을 하게 되었습니다. 본과 4년을 마치고 처음 의사 면허를 땄던 감격이 사그라들던 그때, 의대에 처음 입학했을 때 했던 생각들이 떠올랐습니다. 의학을 공부할 자격을 얻었다는 뿌듯함, 병원에 찾아온 누군가의 가족, 연인, 친구를 다시 그의 일상으로 돌려보내는 일을 할지도 모른다는 기대감, 생과 사의 경계에 서서 인간에 대해 더 깊게 이해하고 싶다고 생각했던 그 기억들이 떠올랐습니다. 예과에서 본과로 진학한 이후 산더미처럼 쌓인 강의록을 외우느라 희미해졌던 기억이 다시 떠오른 거예요. 이제 곧 중요한 결정을 내려야 한다는 압박감이 저를 눌러오던 그 시점에 꿈에 부풀어 있던, 인생에 의미가 가득 차길 바라던, 더 나은 사람이 되고자 하던 그 시절의 내가 떠올랐습니다.

내과는 의료 영역 중에서 가장 범위가 넓고 근간이 되는 분야입니다. 사람 목숨과 직결되어 있는 과이기 때문에 전문의를 획득하기 위한 레지던트 과정도 매우 어렵고 힘들어요. 그렇지만 생과 사의 경계에서 환자를 진료하고, 그 안에서 사람의 가장 진솔한 모습을 볼 수 있을 것 같다는 생각이 들었습니다. 또 외과처럼 한 분야의 수술에 전문가가 되어가는 과정보다 다양한 과와 협업하고 논의하면서 치열한 고민을 이어가는 내과가 저에게 더 잘 맞을 거라 판단하게 되었어요. 밤을 새워 고민한 끝에 저는 내과 의사가 되기로 결심했습니다.

내과 레지던트로 4년간 일하면서 배우면 내과 전문의가

될 수 있는 시험 자격을 얻게 됩니다. 저는 서울의 한 대학 병원 내과에 지원서를 넣었고, 면접과 시험을 거쳐서 운좋게 내과 전문의가 될 수 있는 자격을 갖추게 되었습니다. 처음 그 병원에 인수인계를 받기 위해 출근했던 날이 떠올라요. 낯선 환경에 적응하고 새로운 사람들을 만날 생각에 가슴이 두근거리기도 했지만, 힘들었던 인턴 시절 동안 그토록 원했던 내과 레지던트였으니 얼마나 설레었는지, 정말 세상을 다 가진 것 같았어요.

하지만 인수인계를 받을 때부터 제 눈빛은 흔들렸고 가끔은 등에 식은땀이 흐르곤 했습니다. 업무는 상상했던 것보다 훨씬 많았고, 막 내과 1년 차가 된 저는 아는 것 없는 내과 의사로서의 무거운 책임감만을 느꼈습니다. 인턴 때는 레지던트 선생님들이 오더(처방에 따른 치료 지시) 내린 대로 제 업무만 수행하면 됐지만, 레지던트가 되면 환자의 주치의가 됩니다. 무한한 책임감에 배반되는 얕은 지식과 부족한 능력이 저를 극도로 긴장시켰어요.

인간에 대해 탐구하겠다던 가슴 부푼 꿈은 1년 차 업무를 시작하면서 휘발되어 버렸습니다. 그저 실수하지 않기 위해 필사적으로 하루하루를 지냈어요. 환자들의 상태를 살피고 동료 레지던트, 치프 선생님(연차가 가장 높은 레지던트), 교수님과 상의한 것들을 수행하느라 병원에서 떠나지 못했어요. 저라는 존재를 간신히 지탱하고 있다고 느낄 만큼 정말 힘들었어요. 그래도 시간은 점차 흘러갔고, 힘든 레지던트 생활에도 익숙해지고 있었습니다.

내과 레지던트는 매달 내과의 다양한 과들을 돌아가면서 수련을 받습니다. 각 과마다 업무의 강도가 다르고 환자들의 질환과 중증도도 다르기 때문에, 다양한 질환과 환자를 경험하면서 많은 걸 배울 수 있어요.

종양내과 레지던트의 업무 중에는 내과 내 다른 분과의 업무와는 또 다른 업무가 있습니다. 그건 삶과 죽음의 경계에 있는 분들의 불편한 부분을 아프지 않도록 해주고, 환자가 원한다면 사랑하는 사람들과 하루라도 더 지낼 수 있게 해드리는 거예요. 이미 암의 진행이 어느 임계점을 넘어서 소생 가능성이 없는 환자들에게 의료진이 할 수 있는 최선은 병의 치료보다 인간의 존엄을 갖춘 임종이기 때문입니다. 환자들 중에는 오랜 치료에 힘들어 하는 분도 많았고, 그저 고통만이라도 없기를 바라는 분도 있었어요. 오랜 시간 병마와 싸운다는 건 누구에게나 힘든 일이니까요. 죽기 전까지 지속될 고통에 백기를 들고 잠들 듯 눈을 감는 게 평화로울 거란 생각은 꼭 내과 레지던트가 아니더라도 할 수 있을 거예요.

좋은 내과 의사가 되고 싶어

그러던 어느 날 종양내과를 돌면서 내과를 선택할 당시 했던 고민과 다짐을 떠올리게 하는 환자를 만났습니다. 안경을 쓴 젊은 여성 환자였는데, 얼굴은 창백하고 말랐지만 살고자 하는 눈빛이 강한 분이었습니다. 가슴 부위의 면역 기관인 흉선에 생긴 암이 폐로 전이되어 엑스레이상 검게 보여야 할 폐가 하얬습니다. 그런 폐로 숨을 쉬는 건 매 순간 오래 달리기를 하고 있는 것과 같아요. 항상 헐떡거리면서도 산소가 부족해서 코에 산소 줄을 차야 하고, 숨 막힘과 가슴 통증을 줄이기 위한 약들을 주렁주렁 달고 있어야 하루를 버틸 수 있었습니다.

하지만 그런 상황에도 불구하고 그녀는 늘 하루라도 더 살고 싶어 했습니다. 약제를 버틸 체력이 되지 않아서 더 이상의 항암 치료도 힘든 상황이었어요. 해줄 수 있는 거라고는 코에 낀 줄을 통한 산소 공급, 숨이 차는 증상을 조금 덜 느끼도록 도와주는 약과 진통제가 전부였습니다.

매일 회진을 돌 때 어디가 불편한지 알면서도 '어디가 불편하세요?'라고 물어보고, 더 도와줄 수 있는 게 없으면서도 '제가 더 도와드릴 게 있을까요?'라고 물어보았습니다. 제가 할 수 있는 일은 그분이 가쁜 숨을 몰아쉬며 매일 똑같은 병원에서의 일상에 대해 천천히 이야기하는 걸 듣는 것뿐이었어요. 사실은 필요한 게 많을 테지만 본인의 마음대로 되지 않는 현실을 받아들이면서 '더 필요한 게 없다'고, 늘 고맙다고 말하던 분이었어요.

그 환자의 숨은 시간이 갈수록 점점 더 가빠졌습니다. 사람은 산소를 마시면서 이산화탄소를 뱉습니다. 폐와 호흡근이 제 기능을 못 해서 이산화탄소를 뱉지 못하면 몸속에 이산화탄소가 쌓이게 됩니다. 그럼 몸은 점점 산성이 되고 심해지면 의식을 잃게 돼요. 그 환자 또한 호흡을 하는 근육이 지치면서 숨이 점점 느려졌고, 몸속에 이산화탄소가 쌓이면서 어떻게든 뜨고 싶은 눈이 하얗게 뒤집어졌어요. 그렇게 점차 의식이 흐려지는 날이 왔습니다. 사람이 잠들면 호흡이 억제되기 때문에 이산화탄소가 더욱 빠르게 쌓이게 됩니다. 그러면 이 환자와 같은 경우 의식을 잃고 곧 사망할 수도 있어요. 그 환자는 호흡이 가빠질 때 잠도 자지 않고 버티면서 조금 더 세상에 머무르려고 했습니다. 그러다가 호흡이 안정되면 잠깐 등을 기대앉은 채 새우잠을 자며 하루하루를 버텨 나갔어요.

어느 날 밤, 간호사에게서 그 환자의 호흡이 더 가빠지고 불규칙해지고 있다는 연락이 왔습니다. 저는 마음의 준비를 하고 뛰어갔어요. 환자의 의식은 이미 흐려 보였습니다. 앉으려고 하다가 의식이 흐려져서 자꾸 눕게 되니까 침대를 세워 등을 기댄 채 있었습니다. 마지막 힘을 다해 눈을 뜨고 싶어 했지만 눈은 이미 하얗게 뒤집어지고 있었습니다. 그녀의 보호자인 남편은 슬픈 눈으로 숨이라도 덜 차게 해달라고 말했습니다. 저는 조용히 가족들을 모두 모이게 한 다음, 오늘 밤은 넘기기 힘들 것 같다고 얘기했어요. 진통제 용량을 늘리자 환자는 점차 의식을 잃었고, 몇 시간 뒤 하얗게 떴던 눈을 편하게 감은 채 마지막으로 짧은 잠을 자기 시작했습니다.

바이탈 사인(활력 징후, vital sign)을 보다가 환자의 생명이 몇 분 남지 않았을 때 가족과 친지들을 치료실로 들어오게 했습니다. 그때 네다섯 살 정도 되어 보이는 어린 남매가 함께 들어왔어요. 오빠와 여동생처럼 보였는데, 어른들의 무거운 분위기 속에서 여동생은 아빠의 손을 붙잡고 훌쩍이기 시작했고, 아직 죽음이, 이별이 무엇인지 모르는 남자아이는 치료실 이곳저곳을 기웃거렸습니다. 아이들은 이따금 누워 있는 엄마를 보기도 하고 그녀의 옷깃을 붙잡기도 했습니다. 곧 아버지가 아이들을 붙잡았고, 슬픈 목소리로 엄마한테 작별 인사를 하자고 했습니다. 아무것도 모르는 남매는 그렇게 아버지의 손을 잡고 어머니의 임종을 지켰습니다. 몇 분 후 가족들이 지켜보는 가운데 환자는 조용히 숨을 거두었고, 저는 그 남매와 가족들이 지켜보는 가운데 환자의 사망 선고를 했습니다.

"○○○님 몇 날 몇 시 몇 분 사망하셨습니다."

아직 이별이 준비되지 않은 남매를 한번 쳐다보고, 누구보다 세상을 떠나고 싶지 않았던 환자의 눈을 감겨준 다음 무거운 마음을 안고 고개를 숙인 채 도망치듯 치료실을 나왔습니다.

삶과 죽음, 그 속에 제가 들어와 있다는 게 불현듯 감각

되는 날이었고, 환자들에게 더 좋은 내과 의사이고 싶었던
밤이었습니다.

진승 | **열심히 성숙해지는 시기**

6년간의 의대 생활을 마치고 드디어 의사가 되었습니다. 의사로서 첫발을 내디딘 곳은 모교 병원이었어요. 제가 인턴 생활을 할 때, 보통 일주일에 한 번 정도 집에 가서 잘 수 있었습니다. 나머지 날은 병원 숙소에서 잠을 자며 일했어요. 병원에서 잘 때는 병동이나 응급실에서 호출이 오면 언제든 내려갈 수 있도록 베개 가까운 곳에 휴대폰을 두고 '제발 오늘 밤은 깨지 않고 잤으면 좋겠다'고 간절히 바랐습니다. 밤새 한숨도 못 자고 반복해서 일을 하다 보니 수명이 깎이고 있다는 생각이 들 수밖에 없었죠.

지금은 시간이 흘러서 그런지 나쁜 기억보다 좋은 기억이 더 많이 생각나요. 의대생일 때는 주로 친한 친구들과 어울려서 지냈기 때문에 130명 정도 되는 동기들 중 친하지 않은 친구들도 많았는데, 인턴 때는 동기들과 같이 일하고 고생하면서 무척 돈독해졌어요. 정규 업무를 마친 다음 인턴 숙소 침대에 누워서 언제 올지 모르는 호출을 기다리며 시답잖은 농담에 웃고 떠들었던 기억이 납니다. 서로 무슨 과가 어울릴 것 같다며 전공 선택에 대한 이야기도 하고,

꼭 뽑힐 거라는 덕담을 나누기도 했죠. 24시간 내내 한숨도 자지 못한 채 응급실 근무를 마치고 나면 오전 일찍 문을 연 해장국집이나 고깃집을 찾아서 먹는 걸로 스트레스를 풀기도 했어요. 오프(쉬는 날)에는 주로 잠을 자기 바빴지만 오프가 맞는 친구들과 맛집에 놀러 갔던 기억도 납니다.

주변에서 인턴 때 이야기를 들려달라고 하면 제가 항상 하는 이야기가 있어요. 인턴 생활에 완전히 적응하지 못한 채 정신없이 보내던 5월이었습니다. 드디어 오프를 받았는데 저녁 날씨가 무척 선선한 거예요. 오랜만에 퇴근하고 병원 밖을 나가려고 하니 기분이 날아갈듯 좋았습니다. 이런 완벽한 저녁에 단 하나 완벽하지 않았던 게 있었는데, 그건 바로 제 두발 상태였어요. 미용실 갈 때가 된 것도 모르고 일하다 보니 머리가 산발이었죠. 몇 시간 뒤에 있을 친구들 모임에 최대한 멋있는 모습으로 나가고 싶었습니다. 그래서 평소에 다니던 미용실이 아닌 여대 근처 미용실에 갔어요. 예쁘게 잘라달라고 부탁을 하고 앉았는데, 왼쪽 머리카락을 자르기 시작한 지 얼마 되지 않아 왼쪽 귀에서 엄청난 통증이 느껴졌어요. 미용사가 실수로 제 귀를 자른 거예요. 귀에서 피가 뚝뚝 떨어지고 미용사는 엄청나게 당황했어요. 저는 휴지로 귀를 지혈하면서 상처를 살짝살짝 거울에 비춰 봤어요. 바로 전달에 응급실에서 인턴으로 일하면서 수많은 상처를 소독하고 치료했던 경험으로 봤을 때, 피가 절대 저절로 멈추지 않을 것 같다는 확신이 들었습니다. 하지만 이제 막 미용이 시작된 상황이었기 때문에 이대로 왼쪽 옆머리만 정리가 된 채로 병원에 가면 시선을 많이 끌 것 같다는 판단이 들었어요. 결국 오른쪽 머리가 정리될 때까지 기다렸다가 병원에 가야겠다고 결론을 내렸습니다. 한편으로는 저를 안심시키려는 미용사님 말처럼 극적으로 피가 멈춰서 황금 같은 오프가 사라지지 않았으면 좋겠다고 생각했습니다.

그러나 결국 저는 피가 흐르는 귀를 휴지로 지혈하며 방금 제가 퇴근했던 병원으로 향했습니다. 대학 병원의 응급실은 환자로 넘쳐나는 정신없는 곳이고, 응급실 인턴들이 얼마나 바쁜지 누구보다 잘 알고 있었어요. 병원에 가는 택시 안에서 다른 과 인턴 친구들에게 전화를 해서 자초지종을 설명한 다음, 바쁘지 않으면 응급실로 와서 소독을 해달라고 부탁했습니다. 원무과에 접수를 하고 응급실에 들어가니 지난달에 같이 근무했던 간호사들이 '누구한

테 맞았나?', '누구랑 싸웠나?' 하는 얼굴로 저를 맞아주었습니다. 자초지종을 설명하니 그 미용실은 절대 안 가야겠다면서 미용실 이름을 물어보더라고요. 소독을 부탁했던 인턴 친구가 '오진승이 미용실에 갔다가 귀가 잘렸다'며 동기 세 명을 데리고 내려왔어요. 동기들과 얼굴이 마주치는데 왜 이렇게 웃음이 나오던지. 친구들은 저를 놀리며 아주 정성스럽게 소독을 해주었습니다. 그 이후 성형외과 선생님이 빠른 손놀림으로 상처 부위를 봉합하고 거즈를 붙여주셨습니다. 친구들과 함께 인턴 휴게소에 올라가자 쉬고 있던 동기들도 거즈를 붙인 제 귀를 보며 모두 놀라워했습니다. 신이 나서 퇴근하던 모습을 기억하는 친구들은 웃으면 안 되는데 웃음이 난다며 저를 놀렸습니다.

비록 오프는 계획대로 되지 않았지만, 저를 위로해주기 위해 야식을 시켜준 동기들과 웃고 떠들며 즐거운 밤을 보냈습니다. 하지만 실밥을 풀기 전까지 귀에 거즈를 붙이고 다녀야 했어요. 병실에 일을 하러 갈 때마다 환자나 보호자들이 호기심 어린 눈으로 제 귀를 쳐다보았습니다. 친구와 선배를 포함한 치료진들도 저를 볼 때마다 물어봐서 결국 '고흐 인턴'이라는 별명이 생겼습니다. 이틀에 한 번씩 친구들에게 소독을 받으러 다녔는데, 바쁜 와중에 소독을 해주었던 친구들에게 정말 고마웠어요. 지금도 제 왼쪽 귀를 자세히 보면 상처가 남아 있는데 거울을 볼 때마다 그때 생각이 나서 피식 웃곤 합니다.

의대생 때는 강의를 듣고 혼자 공부한 다음 시험을 보는 생활이 반복되었습니다. 반면에 의대 졸업 후 처음 경험했던 사회인 대학 병원은 다양한 분야의 사람들이 책임감 있게 자신의 업무를 하며 서로 긴밀하게 협업하는 곳이었어요. 스스로의 부족함도 많이 느꼈고 혼자서는 아무것도 할 수 없다는 사실도 새삼 깨닫게 되었죠. 저는 힘든 시기에 인턴 동기들의 도움을 많이 받았습니다. 동기들을 살뜰하게 챙기고 도와주는 몇몇 친구들을 보면 존경스럽다고 느끼기도 했어요. 인턴 생활은 정말 힘들었지만 1년 내내 동고동락했던 친구들이 있었기에 견뎌낼 수 있었습니다.

여전히 노력하는 마음으로

인턴 생활이 끝난 후 의대생 때부터 관심이 있었던 정

신건강의학과의 레지던트가 되었습니다. 달마다 다른 과를 돌면서 시키는 일을 하던 인턴들이 드디어 소속이 생기고, 본인이 돌보는 환자들의 주치의가 됩니다. 의국에 들어갔을 때 입국식이라는 행사를 했는데, 이는 4년간 수련을 마치고 전문의를 취득한 선배들의 퇴국식과 함께 진행되었습니다. 이제 막 정신건강의학과 의사로 입국하는 막내로서 퇴국하는 선배들의 소감을 집중해서 듣고 있었어요. 소감은 다양했지만 공통적으로 정신건강의학과 레지던트로 수련을 받는 4년 동안 스스로 많이 성숙해진 것 같다는 이야기를 했습니다. 도대체 정신건강의학과 의사는 어떤 수련을 받기에 이렇게 모두가 성숙해졌다고 이야기를 하는지 궁금했어요. 멋진 소감들 덕분에 전공에 대한 기대감이 생겼고 잘 선택했다는 생각이 들었습니다.

처음으로 주치의를 맡았던 환자는 평범한 주부였는데 수개월 전부터 자꾸 혼잣말을 하고, 아파트 베란다에서 누군가가 자신을 감시하고 해치려고 한다며 심하게 불안해했다고 해요. 이전에 한 번도 이런 일이 없었기에 가족들 모두 걱정이 많았어요. 환자의 남편, 아이들뿐만 아니라 친정, 시댁 식구들까지 일고여덟 명의 보호자들이 병원에 왔습니다. 스물여섯 살의 나이에 처음 맡은 환자인 데다 걱정스러운 표정으로 제 얼굴만 바라보는 수많은 보호자 앞에 나서자니 겁나고 떨렸습니다. 직접 환자를 맡은 적은 없었지만 환자를 볼 준비를 하면서 열심히 공부했고, 선배들을 따라다니면서 진료하는 모습을 많이 봤으니 자신감 있게 하라는 의국 선배들의 응원에 힘입어 환자를 진료하기 시작했습니다.

진료 결과 피해망상과 환청이 굉장히 심한 상태여서 입원을 권유했습니다. 입원한 환자를 진료하면서 내린 진단명은 조현병이었어요. 환자는 입원 후 병원에 대한 망상을 보이기도 했어요. 병원 직원들이 자신의 밥에 독을 탔다며 식사를 거부해서 체중이 점점 빠지고, 주치의인 제가 자신의 재산을 노린다면서 저와의 면담을 거부했습니다. 면담실에서 아무리 말을 걸어도 환자가 전혀 말을 하지 않아서 환자가 말할 때까지 함께 침묵을 지킨 적도 있어요. 당시 주치의를 맡았던 환자가 한 명뿐이었기 때문에 여러 차례 환자를 보러 병실에 들렀음에도 불구하고 2~3주가 지나도록 차도를 보이지 않아서 걱정이 되었습니다.

어느 날, 환자가 저와의 면담을 원한다는 전화를 받고

반가운 마음에 응급실부터 병실까지 뛰어 올라갔는데, 저를 보고 '오진승 변호사님'이라고 부르며 망상 증세를 보였습니다. 면담을 하며 여전히 사고가 혼란스러운 환자를 보니 온몸에 힘이 빠졌습니다.

'내 환자가 경험도 실력도 없는 나를 만나서 호전이 없는 게 아닐까? 이렇게 계속 나빠지면 어쩌지? 다른 의사를 만났다면 벌써 좋아지지 않았을까?'

자책이 깊어지니 자존감도 바닥으로 떨어졌어요. 교수님과 선배들은 경험 많은 의사가 진료를 해도 조현병 급성기 증상은 좋아지는 데 시간이 걸린다면서 격려와 지지를 해주었습니다. 그러나 매주 면회를 오는 환자의 남편 앞에만 서면 죄송한 마음에 도망치고 싶다는 생각뿐이었어요. 건설 현장에서 일용직 노동자로 일하던 남편은 병원에 올 때마다 그 어떤 불평도 없이 '주치의 선생님이 고생하신다'며 검은 비닐봉지에 담긴 요구르트를 주고 가셨어요.

다행히 4주 정도 지나자 환자의 증상이 눈에 띄게 좋아졌고, 이전과는 다르게 밥도 잘 먹고 면담도 시작할 수 있었습니다. 망상과 환청도 사라지고, 입원 전의 행동에 대해서 물으면 본인이 왜 그랬는지 모르겠다고 얘기했어요.

결국 증상이 좋아져서 퇴원했고, 퇴원 후에도 남편과 함께 한 달에 한 번씩 꼬박꼬박 외래를 찾아왔어요. 다행히 제가 레지던트를 마치기까지 4년 동안 병이 한 번도 재발하지 않았고 이전처럼 평범한 어머니의 역할로 돌아갔습니다. 처음으로 주치의를 맡았던 환자를 퇴원시켰을 때는 정말 이루 말할 수 없이 기뻤습니다. 스스로에 대한 믿음과 자신감이 생겼고, 아무리 환자를 보는 일이 힘들더라도 이런 기쁨을 느낄 수 있다면 평생 이 일을 할 수 있겠다고 생각했습니다.

정신건강의학과 레지던트 과정 동안에는 정말 많은 환자들의 이야기를 듣습니다. 환자들은 타인이 무심코 내뱉은 말이나 행동으로 받은 상처를 진료실에서 울면서 털어놔요. 말한 사람은 기억도 못하지만 누군가에게는 평생 지워지지 않을 상처가 될 수도 있다는 걸 깨달았어요. 저도 사람들을 만날 때 말을 많이 하는 편이라 말실수를 하는 경우가 잦았던 것 같더라고요. 나도 모르게 누군가에게 상처를 준 건 아닌지 반성했습니다. 교수님과 의국 선배들의 지도 아래 듣는 사람의 오해를 불러일으킬 만한 단어 사용이나 좋지 않은 말버릇을 고치기도 했어요. 임상 경험이

많고 인격적으로 훌륭한 선배들이 진료하는 모습을 보면서, 상대방을 따뜻하고 우호적으로 대하며 수용하는 태도를 배웠습니다.

진료를 하다 보면 보호자들과 대화를 나눌 일도 굉장히 많아요. 보통 환자들과 먼저 면담을 진행하게 되는데, 환자의 이야기만 들을 때는 보호자들이 정말 무심하고 차갑게 느껴질 때도 있어요. 근데 보호자의 이야기를 들으면 보호자의 입장도 이해가 됩니다. 두 사람이 함께 겪은 사건이고 어느 누구도 사실을 왜곡하지 않았는데 각자의 입장이 이렇게 다르다는 게 새로웠어요. 한쪽의 이야기만 듣고 성급하게 판단하는 건 굉장히 위험하다고 생각했습니다. 또한 저 자신도 타인의 옳고 그름을 성급하게 판단하며 편견이 많다는 걸 알게 되었어요. 누군가를 치료하려면 우선 내가 더 나은 사람이 되기 위해 노력해야겠다고 생각했습니다.

정말 바쁘고 정신없게 20대의 5년을 보냈어요. 더 성숙하고 도움이 되는 사람으로 성장하고 싶었지만 부족했던 것 같아요. 하지만 적어도 이 시기 동안 많은 사람을 만나고 다양한 경험을 하면서 내가 어떤 사람인지 고민하기 시작했습니다. 여전히 저는 부족한 점이 많지만 인격적으로 더 성숙해지기 위해 어떤 일을 해야할지 고민하고 돌이켜보며 살고 있습니다.

낙준 | **우리 치열하고 찬란했던 그때**

6년간의 의대 생활을 마치고 의사면허증을 받았을 땐 제가 정말 뭐라도 된 줄 알았습니다. 하지만 첫 출근을 한 날 깨달았어요. '아, 인턴은 병원에서 정말 아무것도 아닌 존재구나.' 아마 제가 처음 갔던 곳이 응급실이어서 더더욱 그렇게 느꼈을 겁니다. 인턴이 직접 환자를 대면하고 진료한 다음 처방까지 내리는 과는 응급실이 유일하거든요. 애송이 의사가 대학 병원 응급실에 온 환자들을 보게 됐으니, 힘들지 않으면 그게 더 이상하죠. 혹시 사고라도 치면 어쩌나 하는 불안감이 3월 내내 제 마음속을 돌아다녔습니다.

그 불안감이 어디 저한테만 있었을까요. 당시 응급실을 지키고 있던 응급의학과 레지던트 선생님들도 마찬가지였을 겁니다. 그래서인지 레지던트 선생님들이 정말 무서웠어요. 인턴을 혼내면 필연적으로 긴장을 하게 되고, 긴장을 하면 사고를 덜 친다는 사실을 오랜 경험을 통해 알고 있어서 그랬겠죠. 물론 이건 다 지나간 일이라 할 수 있는 얘기예요. 그땐 정말 너무 힘들었어요. 가뜩이나 일도 힘든데 같이 일하는 사람들도 무서우니, 오죽하면 제가 그 한 달 동안 무려 8킬로그램이나 빠졌을까요. 선배들이 우리 병원 응급실에는 '응다', 응급실 다이어트 프로그램이 있다는 말을 해주었을 땐 코웃음을 쳤었는데, 그걸 그대로 체험하게 된 거예요.

그렇지만 마냥 힘들기만 하진 않았어요. 인턴 주제에 환자의 진단과 치료에 깊숙이 관여할 수 있는 곳은 응급실뿐이었으니까요. 그때 쌓은 경험이 제 진로에 많은 영향을 주었습니다. 학생 때까지만 해도 소위 말하는 '서비스 파트', 즉 환자를 직접 대면하지 않는 과에 더 관심이 많았습니다. 학교 졸업 후 모교 대학 병원에 남았는데, 남은 사람들 중에서는 성적이 좋은 편에 속했기 때문에 이전부터 원하던 재활의학과에 가려고 했었죠. 하지만 응급실 인턴 경험은 제가 다른 어느 과보다 대면 환자가 많은 과에 들어갈 결심을 하게 해주었습니다. 그 경험을 통해 환자를 진단하고 치료하는 기쁨을 느낄 수 있었거든요.

물론 제 인턴 시절이 응급실로 점철되어 있지는 않아요. 비록 12개월 중 4개월이나 응급실에서 보내긴 했지만 남은 8개월 동안은 다른 여러 과를 돌면서 다양한 경험을 할 수 있었어요. 안과, 이비인후과, 외과, 내과, 영상의학과 등 과에 따라 정말 다양한 선생님들을 만났고, 어떤 과를 선택하느냐에 따라 삶의 방향과 내용이 드라마틱하게 달라질 수 있다는 걸 그때 알았습니다.

그렇게 많은 과를 돌고 난 후 제가 선택한 과는 이비인후과였습니다. 이비인후과에 대해 잘 알아보고 선택한 거냐고 묻는다면, 그건 아니었던 것 같아요. 이비인후과 교수님이 "넌 왜 이비인후과에 들어오고 싶니?"라고 질문하셨을 때 제가 했던 답이 기억나거든요.

"이비인후과는 내과적인 질환과 외과적인 질환을 모두 볼 수 있어서 들어가고 싶습니다."

저는 정확히 이렇게 답했습니다. 그 답을 들은 교수님은 껄껄 웃으며 중얼거리셨지요.

"너도 그렇게 말하냐?"

그때는 그 말이 무슨 뜻인지 몰랐습니다. 이비인후과에 들어간 다음에야 알았죠. '아, 이비인후과는 그냥 외과구나.' 아마 이 이야기에 고개를 갸웃거리는 분이 있을지도 모르겠어요. 우리가 흔히 보는 이비인후과 선생님들은 집 근처 이비인후과에서 감기, 축농증, 중이염 등을 치료해주고 있으니까요. 하지만 대학 병원 이비인후과는 완연한 외과입니다. 생각해보면 참으로 황당한 선택을 하게 된 셈이죠. 원래는 환자를 대면하는 과로 갈 생각도 없었던 사람이 수술하는 과에 가게 되었으니까요. 처음엔 고민이 깊었습니다. 특히 첫날 회진에서 코에 생긴 암 때문에 안구를 제거하게 된 환자를 본 다음에는 이곳에서 나가야 하는 게 아닌가 하는 생각까지 들었습니다.

그런데 사람 적성이라는 게 참 묘한 것이더군요. 저는 저를 잘 알고 있다고 생각했는데 그게 아닐 수도 있다는 생각이 들었습니다. 학생 때까지만 해도 무섭고 지겹기만 했던 수술이 정말 새롭게 느껴졌어요. 더군다나 이비인후과 수술은 어느 한 분야에 국한된 것이 아니라서 귀, 코, 두경부(안면부부터 목까지 이르는 광범위한 부분) 등의 아주 다양한 부위에 대해 배울 수 있었어요. 그만큼 공부해야 할 것도, 숙지해야 할 해부학적 구조도 많았지만, 저에게는 그저 마냥 재밌고 좋은 공부였습니다. 코를 조금 알겠다 싶으면 귀를 배우고, 귀에 대해 알겠다 싶으면 두경부에 대해 배웠습니다. 이렇게만 말하면 정말 행복한 레지던트 생활을 한 것 같지만, 당연히 그렇지는 않았어요. 인턴보다 힘든 게 레지던트라고 하지 않습니까.

이비인후과의 일과는 새벽 5시에 시작됐습니다. 원래 잠이 많은 편이라 일어나는 일부터 매우 고생스러웠죠. 하지만 종일 수술실에 들어가야 하는 이비인후과 레지던트의 특성상 어쩔 수 없는 일이었습니다. 새벽이 아니면 제게 맡겨진 환자들의 얼굴을 볼 시간이 늦은 밤 말고는 없었거든요. 수술한 부위는 어떤지, 혹시 다른 증상이 생기진 않았는지 확인하려면 싫어도 일어나야만 했습니다. 제가 게으름을 부리면 피해를 보는 건 환자들이었으니까요. 그렇게 새벽부터 환자들의 수술 부위를 소독하고 면담하다 보면 시간이 후딱 지나갔습니다. 7시부터는 레지던트 전원이 모이는 의국 회의가 있었기 때문에 어떻게든 시간 안에 가기 위해 서둘러야 했죠.

의국 회의에서는 전날 당직을 선 레지던트의 당직 보고와 함께 당일 또는 그 주의 행사에 대한 브리핑을 듣게 됩니다. 약 10분 정도의 회의를 마치고 나면 3, 4년차 레지던트 즉 바이스 치프, 치프 레지던트들과 함께 회진을 돌게 됩니다. 아직 일이 익숙하지 않고 이비인후과적 지식도 부족한 1, 2년차에게는 든든한 시간인 동시에 아주 두려운 시간이기도 합니다. 3, 4년 차 선생님들이 1, 2년 차들이 저지를 수 있는 사고를 미연에 방지해주기 때문에 든든하지만, 그렇게 발견한 사고나 실수에 대해서는 가차 없이 혼을 내기 때문입니다. 다행히 제가 있던 의국에는 구타나 폭언 등이 있지는 않았지만, 마음을 괴롭히는 방법에는 참 여러 가지가 있다는 걸 알 수 있었습니다. 거울과 가위바위보를 해서 이길 때까지 거기 서 있으라고 한다든지, 캐비닛 안에 들어갈 수 있는 유연성이 있는지 확인해본다든지 하는 식으로요.

레지던트 회진을 마치면 지도 교수님의 스케줄에 따라 수술실로 달려가기도 하고, 외래 진료실로 내려가기도 합니다. 외래로 가는 날은 그나마 조금 사정이 좋아요. 우선 9시에 시작되고, 앉아 있을 수 있거든요. 게다가 수술은 외래와는 달리 언제 끝날지 알 수 없습니다. 코나 귀 수술은 대개 저녁 8시 전에 끝나지만, 두경부는 암 수술이 대부분인 만큼 새벽에 끝나는 경우가 허다합니다. 두경부 파트를 돌고 있을 땐 새벽 5시에 시작한 일정이 다음날 새벽 2~3시, 심지어 5시에 끝나는 경우도 많았습니다. 그렇다고 다음 날 일정이 미뤄지는 것도 아니었어요. 5시면 다시 예외 없이 환자를 보러 몸을 움직여야 했습니다. 정말 살인적인 스케줄이었죠.

잠을 정말 못 잤을 때는 일주일에 총 20시간을 못 잔 적도 있어요. 어릴 때 몸이 약한 편에 속했고 지금도 그렇게 체력이 좋지 않기 때문에 참 의문스럽습니다. 그때는 어떻게 버틴 걸까요? 곰곰이 생각해봤더니 떠오르는 몇몇 일화가 있는데, 그중 한 가지를 말씀드리려고 합니다.

나의 사명, 나의 일

청운의 꿈을 안고 들어왔던 3월의 패기가 점점 사라지고 있던 11월 무렵이었습니다. 저는 정말 지칠 대로 지쳐 있었어요. 당시 끄적거렸던 글을 보면 나가고 싶다는 말까지 찾을 수 있었으니까요. 그때 제가 맡게 된 환자는 어부였는데, 아주 옛날부터 좌측 중이염을 앓고 있었고 일이 바빠서 따로 치료를 받지 못했다고 해요. 주치의라고, 잘 부탁드린다고 청했던 악수를 흔쾌히 받아주셨는데 그때의 거칠던 손의 촉감이 아직도 선명하게 기억에 남아 있어요. 그러면서 '정말 큰마음 먹고 수술을 받으러 왔으니 나야말로 잘 부탁한다'는 말을 하셨습니다. 인상이 너무 좋고 특히 미소가 보기 좋아서 최선을 다하겠다는 말로 화답했습니다.

그런데 수술실에 들어가서 귀 뒤를 열었더니 상태가 너무 좋지 않은 겁니다. 아마 바쁘게 살면서 제대로 된 치료를 받지 못한 탓일 겁니다. 레지던트 1년 차였던 저만 그렇게 느낀 게 아니라 교수님의 얼굴까지 어두워질 정도로 심각한 상태였어요.

"동의서에 안면 마비 가능성 설명했지?"

제가 동의서에 강박증을 가진 편이라 그렇다고 대답했지만 마음이 좋지 않았습니다. 극히 드문 경우에 가능하다는 말을 덧붙여 설명했으니까요. 그런데 환자의 상황을 보니 안면 마비 가능성이 없을 것 같지 않았습니다. 그렇다고 이대로 덮자니 머지않아 염증 때문에 안면 마비가 생길 가능성이 컸습니다. 이건 어떻게든 수술을 성공적으로 마쳐야 한다는 뜻이었죠.

"위잉, 위잉." 침묵이 감도는 수술실 안에는 오직 감염된 뼈를 갈아내는 소리만이 울려 퍼졌습니다. 보조를 서는 저도, 제 뒤에서 저를 감독하던 치프 레지던트도, 직접 뼈를 갈아내는 교수님도 한마음 한뜻으로 오직 하나만을 빌었습니다. 제발 아무 일 없이 수술이 잘 끝나게 해달라고요.

기도가 통했는지 적어도 안면 마비가 생기는 일 없이 수술이 끝났습니다. 하지만 수술이 예상보다 훨씬 커져서 수술 후 소독과 처치가 매우 중요했어요. 그건 교수님이나 치프 레지던트가 아닌 제 몫이었지요. 가뜩이나 심신이 지쳐 있는 저에게는 정말 가혹한 일이었어요. 이 환자를 소독하고 처치하는 시간이 다른 환자들에 비해 서너 배는 더 들었는데 그걸 하루에 두 번씩 해야 했거든요. 물론 환자도 고생이었습니다. 수술을 했으니 좀 쉬어야 하는데 주치의라는 사람이 새벽 4시 30분만 되면 와서 깨우고 소독을 해대니 얼마나 피곤했을까요. 어느 날엔가 환자가 "선생님도 좀 자고 나도 좀 잡시다!"라며 소리친 적도 있었죠.

그렇게 열흘이 지나고 저녁 회진을 마친 후 교수님이 제 어깨를 두드려주셨어요. 그 환자의 상처 부위가 마침내 안정을 되찾았기 때문입니다. 제가 어지간해서는 울컥하지 않는 사람인데 그때는 정말 감개무량했어요. 드디어 새벽 5시에 일어나도 된다는 해방감도 있었죠. 평소의 새벽

5시라면 괴로운 시간이었겠지만 맨날 4시에 일어나던 사람에게는 늦잠이나 다름없잖아요. 적어도 그때 제 심정은 그랬습니다.

하지만 진짜 저를 울린 건 환자분의 퇴원이 아니었습니다. 크리스마스 무렵의 어느 날이었어요. '남들은 연말이라고 다 놀러 가는데 나는 병원에 갇혀 있구나' 하며 한참을 우울해하고 있는데, 갑자기 외래에서 전화가 왔습니다. 제가 뭘 잘못했나 싶었어요. 그땐 제가 할 일이 없으면 무언가 해야 할 일을 까먹은 거였고, 누가 절 찾으면 제가 뭘 잘못한 거였거든요. 게다가 어떤 환자가 찾아와서 제가 교수님 외래에 들어가기 전에 저를 꼭 봐야겠다고 한다니, 진짜 큰일 났구나 싶었습니다.

벌벌 떨면서 외래로 내려갔더니 한동안 저와 새벽 4시 30분이면 만나던 그 환자가 있었습니다. 처음 봤을 때와 마찬가지로 푸근한 미소를 짓고 있었죠. 환자는 저에게 그때 너무 감사했는데 경황이 없어서 따로 인사를 못 했다고 죄송하다면서 웬 스티로폼 박스를 건네주었습니다. 그 안에 든 것은 환자분이 직접 당진 앞바다에 나가서 캐 온 귀하디 귀한 자연산 굴이었어요. 비록 아직 껍데기도 까지 않은 굴이라 먹기 무척 힘들었지만, 저는 아직까지도 그렇게 맛있는 굴은 먹어본 적이 없습니다. 아마 앞으로도 그럴 거구요.

그때 근 몇 개월 동안 저를 괴롭혔던 회의감과 피로감이 쑥 빠져나가는 기분이 들었습니다. 환자를 보는 게 그저 주어진 책무가 아니라 저의 사명이라는 생각이 들었어요. 아마 그 이후 단 한 번의 불평불만 없이 레지던트 생활을 마칠 수 있었던 건 바로 그 환자 덕분이 아닌가 싶어요.

혹독한 수련 생활을 통해 이비인후과 의사로서 필요한 지식과 기술도 얻을 수 있었지만, 무엇보다 다른 어떤 일을 하더라도 잘 해낼 수 있을 거라는 자신감을 얻었습니다. 그건 지금의 저에게 그 어떤 것보다 큰 자산이 되었습니다.

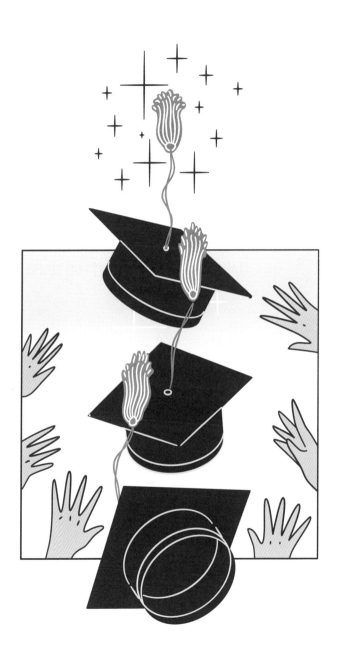

우리가 사는 반전 라이프

 낙준 | **의사이고 웹소설 작가이면서 아빠입니다**

보통 자기소개를 할 때는 '무슨무슨 이낙준입니다'라고 하는 게 일반적일 텐데, 저는 직업과 역할이 다양해서 뭐라고 먼저 소개해야 할지 모르겠어요.

우선 저는 이비인후과 전문의입니다. 삼성서울병원에서 4년간 수련을 받았고 현재는 개인 의원에서 일하고 있어요. 주로 수술보다는 외래 진료를 봅니다. 그러다 보니 이전엔 미처 알지 못했던 한 가지를 알게 되었어요. 이비인후과는 계절을 타는 과라는 사실을요.

봄에는 알레르기 비염 환자들이 많이 옵니다. 진료실 밖

대기실을 둘러보면 많은 환자가 재채기를 하거나 휴지로 코를 닦고 있어요. 가끔 B형 독감에 걸린 환자도 볼 수 있고요.

그러다 여름이 되면 그 많던 환자는 다 어디에 갔을까 하는 생각이 듭니다. 다른 과도 그런지 모르겠지만 이비인후과에서는 성수기, 비수기라는 단어를 써요. 말 그대로 여름은 비수기입니다. 날씨가 덥고 습해서 비염 환자도 크게 줄고 감기 환자도 거의 없어요. 대신 늘어나는 환자군이 있는데, 바로 외이도염 환자입니다. 날씨가 습하기도 하고 수영장이나 바다로 놀러 가는 일이 많아지다 보니 귀에 염증이 생기는 분들이 늘어나요. 귀가 간지럽고 통증이 느껴지거나, 귀에서 물이 나와서 병원에 오는 분들이 많죠.

가을엔 지난 봄에 병원을 찾았던 분들이나 작년 가을에 왔던 분들이 오랜만에 찾아옵니다. 가을은 바야흐로 알레르기 비염의 계절이거든요. 게다가 일교차가 커서 감기에 걸리는 분들이 매우 많답니다. 대기실 여기저기서 기침하고 코 풀고 난리도 아니에요.

겨울은 한 해 중 가장 바쁜 계절입니다. 날씨가 춥고 건조하기 때문에 바이러스가 증식하기 쉽고 면역력은 떨어지거든요. 감기 환자가 크게 늘어나는 시기입니다. 게다가 겨울은 A형 독감의 계절이기도 해요. 고열에 시달리는 환자들을 보면 그저 열이 빨리 내리길 바라게 됩니다. 하지만 언제나 약이 잘 듣지는 않아요. 말씀드린 것처럼 날씨가 도와주질 않거든요. 겨울에 감기에 걸렸을 때는 약 먹고 집에서 푹 쉬는 게 최고랍니다. 이렇듯 저는 이비인후과 의사로서 바쁜 한 해를 보냅니다. 하지만 이게 제가 하는 일의 전부는 아니에요.

주말엔 친한 친구들과 함께 모여서 닥터프렌즈 유튜브 채널에 올릴 영상을 찍습니다. 의사로 일하면서 어떻게 유튜브까지 하냐, 너무 바쁜 거 아니냐는 말도 많이 듣는데 꼭 유튜브가 아니더라도 만날 친구들이라서 그렇게까지 힘들지 않아요. 오히려 저에겐 재충전하는 시간이 됩니다. 게다가 많은 분이 사랑해주시니까 더욱 더 힘이 나요.

가끔 병원에 온 환자분이 진료실을 나가면서 "닥터프렌즈 잘 보고 있어요!" 하고 알은체를 할 때가 있어요. 그럴 때면 항상 '더 친절하게 진료를 봤어야 하나' 하고 고민하는데, 실제로 유튜브를 시작한 이후 조금 더 친절하고 자세하게 설명하려고 노력하고 있습니다.

그럼 이렇게 의사랑 유튜브, 두 가지 일을 하고 있냐면 그것도 아닙니다. 저는 웹소설 작가이기도 해요. 웹소설은 쉽게 말해 무협지나 판타지 소설 같은 장르 문학을 인터넷에서 볼 수 있도록 만든 거예요. 웹소설에는 굉장히 다양한 장르가 있는데, 저는 그중에서 제 전공에 맞는 의학 판타지물을 쓰고 있답니다. 웹소설을 쓰기 시작한 지는 만 3년이 넘어가는데 경력이나 재주에 비해 과분한 사랑을 받고 있어요. 필명은 '한산이가'입니다. 그저 제가 한산 이 씨라서 짓게 된 이름이에요. 무협지를 좋아하셨던 아버지 덕에 어렸을 때 집에 무협지가 많았습니다. 아버지가 저한테도 읽어보라고 권해서 읽게 됐고, 그 이후로 장르 소설을 좋아하게 됐어요.

전공의 자격증을 딴 직후에 군의관으로 복무했는데, 그때는 지방에 혼자 내려가 지내면서 출퇴근을 했기 때문에 남는 시간이 많았어요. 그러다 어렸을 때 읽었던 장르 소설이 생각났고, 요새 인기 있는 게 뭔지 보다가 '나도 써볼까?' 하는 생각으로 아무 생각 없이 써서 올린 게 시작이었습니다. 웹소설은 누구나 아이디만 만들어서 쓰면 될 정도로 진입장벽이 낮거든요.

처음 웹소설을 쓴다고 했을 때는 단 한 사람도 좋은 반응을 해주지 않았어요. 우창윤 선생님은 '그런 걸 왜 쓰냐'고 욕했고, 제 아내는 '그걸로 돈을 벌어 오면 내 손에 장을 지진다'면서 탐탁지 않아 했죠. 지금은 웹소설 작가로 버는 수입이 의사로 버는 수입보다 많습니다. 요샌 농담으로 '작가가 주업, 의사가 부업'이라고 이야기합니다. 돈을 벌어 오면 제 손에 장을 지진다던 아내가 글을 많이 쓰라고 독려할 정도니까요.

지금 연재하고 있는 〈A.I. 닥터〉와 〈중증외상센터: 골든아워〉는 많은 독자가 좋아해준 덕에 소설을 원작으로 한 웹툰이 연재되고 있기도 합니다. 처음 글을 쓰기 시작했을 때 꿈만 꾸던 일이었는데, 현실이 되다니 아직도 잘 믿기지 않아요. 이처럼 웹소설 작가로 살면서 정말 다양한 경험을 하게 되었어요. 〈중증외상센터: 골든아워〉가 독점 연재를 시작한 지 3일 만에 100만 건의 다운로드를 달성하기도 했고, 제 소설을 김윤석 배우님이 독백으로 읽는 CF가 제작되기도 했습니다. 해당 CF가 방영되고 나니까 주변 사람들이 제 노력을 인정해주더라고요. 제 별명이 '웹소설 전도사'가 된 것도 다 이런 이유 때문입니다. 조금 친해지면 모두에게 웹소설 한번 써보라고 할 정도로 적극적으로 권해요. 컴퓨터랑 인터넷만 있으면 어디서든 쓸 수 있으니 관심 있는 분이라면 한번 시작해봐도 좋겠습니다.

여기까지만 봐도 하는 일이 참 다양하죠? 그런데 놀랍게도 이게 끝이 아니랍니다. 저는 의사, 유튜버, 웹소설 작가이면서 동시에 한 사람의 남편, 두 아이의 아버지이기도 합니다. 다양한 일을 하다 보니 가끔 시간에 쫓길 때도 있는데, 그래도 최대한 가족들과 함께 시간을 보내려고 노력합니다. 그 노력의 결실인지는 몰라도, 군대에 있을 때 낳은 아이라 저랑 덜 친밀했던 둘째가 요새는 저랑 자겠다고 고집을 부리기도 해요. 말은 안 했지만 어찌나 뿌듯하던지요.

일주일에 한 번 사무실에 나가서 글만 쓰는 날에는 아이들 등원을 도와주기도 해요. 두 아이의 손을 잡고 유치원과 어린이집으로 가다 보면 하루 종일 열심히 일할 힘을 얻어요. 아이들은 아빠가 데려다준다고 좋아하지만 실은 제가 더 큰 도움을 받습니다.

제 아내이자 영상의학과 교수인 김진실 선생 이야기를

빼놓을 수 없겠죠? 결혼할 때까지만 해도 그저 연인이었는데 이제는 전우애 느낌이 있어요. 두 아이를 기르는 일이 그리 녹록지 않거든요. 언제나 든든하게 곁에 있어줘서 참 고맙다고 전하고 싶습니다.

요새는 제가 글을 쓸 때나 유튜브를 촬영할 때 많은 조언을 해줍니다. 김진실 선생은 지금도 대학 병원에서 일하고 있어서 실질적인 도움을 많이 얻어요. 남들은 발품 팔아서 인터뷰를 해야 하는데 저는 그냥 침대에 나란히 누워서 물어보기만 하면 되니 정말 날로 먹는 셈이죠.

이렇게 다양한 역할을 맡다 보니 제가 가장 많이 듣는 질문은 '그렇게 살면 너무 힘들지 않느냐'는 말이에요. 그럼 저는 살짝 미소 지으면서 이렇게 대답합니다. 아직은 재밌기만 하다고. 저는 하고 싶은 일들을 찾아서 즐거운 마음으로 하고 있어요. 이 글을 읽는 여러분도 그러길 바랍니다.

진승 | **좋아하는 것과 잘하는 것 앞에서**

새로운 모임이나 처음 만나는 사람 앞에서 정신건강의학과 전문의라고 소개하면 많은 분이 호기심을 갖고 여러 질문을 던집니다. 아마 정신건강의학과 의사를 만나는 일이 흔치 않아서 더욱 궁금해하는 게 아닐까 싶어요. 특히 우리나라처럼 정신건강의학과 진료에 대한 편견이 많으면 병원 방문을 부담스러워하고 망설이는 경우가 많아요. 저도 정신건강의학과 의사가 되기 전에는 비슷한 생각을 하고 있었어요. 의학 드라마를 보거나 병원에 갔을 때에도 정신건강의학과는 왠지 낯설게 느껴졌어요. 정신건강의학과 실습을 돌기 전에는 호기심 반, 두려움 반으로 기다렸던 기억이 납니다.

저는 어릴 때부터 말하는 걸 좋아하고 언변이 뛰어나다는 칭찬을 많이 받았어요. 그래서인지 의대 동기들로부터 정신건강의학과가 어울린다며 추천을 많이 받았습니다. 그러나 좋은 정신건강의학과 의사가 되려면 잘 말하기보다 잘 들어야 한다는 걸 나중에 알게 되었죠.

정신건강의학과 의사가 갖추어야 할 덕목 중에 '공감적

경청'이라는 게 있습니다. 공감적 경청은 환자의 말에 귀 기울이며 환자의 입장에서 환자의 생각과 감정을 이해하는 걸 말해요. 일한 지 얼마 되지 않았을 때는 환자에게 공감하며 면담을 진행하는 일이 특히 힘들었어요. 공감적 경청 능력은 타고나는 부분도 있지만 경험과 훈련으로 좋아지기도 합니다. 일하면서 조금씩 경청하는 사람으로 변했는지는 몰라도, 처음 왔을 때는 별다른 이야기를 하지 않았던 환자들이 차츰 그 누구에게도 하지 못했던 힘든 이야기를 털어놓기 시작했습니다. 그렇게 환자들의 이야기를 듣다가 문득 저 자신에 대해서 생각해보게 되었어요.

저는 평소에 사람들을 만나는 걸 좋아하고 그 관계를 소중하게 여기는 편이라고 생각했어요. 하지만 많은 시간을 함께 보내는 가족이나 친구들이 요즘 가지고 있는 고민이나 걱정에 대해 진지하게 묻거나 들은 적이 없었더라고요. 타인에게 고민을 잘 털어놓지 않는 제 성격상 남들도 내 마음과 같겠거니 지레 짐작하고, 막상 사람들을 만나면 재밌고 즐겁게 놀려고만 했던 거예요. 그런데 본인의 이야기를 잘 들어줘서 위로가 되었다고 말하는 환자들을 보며 정작 내 주변 사람들은 잘 챙기지 못하고 있다는 생각이 들었습니다. 그때부터 주변 사람들은 어떤 생각을 하고, 어떤 고민을 가지고 있는지 관심을 갖기 시작했어요. 웃고 떠드는 동안 혹시나 소외되거나 지루해하는 친구들은 없는지 살피게 되었고, 제 얘기는 조금 줄이고 친구들의 이야기에 귀를 기울였습니다. 물론 저는 여전히 듣는 것보다 말하는 걸 좋아하지만 타인의 이야기를 경청하려는 태도로 조금씩 변해가는 것 같아요.

군의관 시절, 제 진료실은 병원 구석에 위치하고 있었어요. 점심시간이나 진료가 없는 시간이면 군의관 친구들이 차례로 한 명씩 찾아와서 잡담을 나눴는데, 그러다가 본인의 속내를 털어놓고는 했습니다. 친구들이 정신건강의학과 의사는 역시 다르다고, 저랑 있으면 본인도 모르게 속에 있는 이야기를 털어놓게 된다고 했지만 그건 그저 제방 소파가 편해서 그랬던 것 같아요. 군병원 관계자들이 병원 내에서 제일 좋은 소파를 정신건강의학과 진료실에 놔주었거든요.

정신건강의학과 의사를 하면서 지금까지 단 한 번도 저의 선택을 후회한 적은 없지만, 시행착오와 스트레스는 많았습니다. 힘들어서 주저앉고 싶을 때마다 교수님과 선배,

후배들이 많은 지지와 격려를 해주었어요. 제 주변에는 온통 지지적 면담 전문가인 정신건강의학과 의사들뿐이니까요. 그들이 건네는 따뜻한 말에 힘을 받을 때마다 환자들도 이런 느낌을 받기 위해 정신건강의학과에 오는 게 아닐까 생각했지요.

정신건강의학과 의사의 업무 중 가장 중요한 일 하나가 환자의 이야기를 듣는 일입니다. 자신의 이야기를 하기 어려워하는 분도 많고 가족의 권유로 억지로 병원에 오는 분들도 있기 때문에, 이들이 숨기고 있는 생각과 감정을 털어놓을 수 있도록 편안한 분위기를 만들어야 합니다. 아직 초등학교에 들어가지 않은 어린 환자부터 100세 가까이 되는 환자까지 다양한 이들을 진료하면서 무수한 인생 이야기를 듣게 됩니다. 미혼인 제가 부부 갈등이나 고부간의 갈등으로 힘들어하는 분들을 진료하기도 해요.

정신건강의학과 의사로서 첫발을 내딛었던 20대 중반에는 환자들이 처한 상황을 완벽히 이해할 수 없어서 고민이 많았어요. 인생 경험과 진료 경험이 부족한 저는 오랜 시간을 할애해서 환자들의 이야기를 듣고, 그들이 느낀 감정과 생각을 이해하려고 노력했습니다. 환자들의 이야

기를 들을 때 '저 상황에서 나라면 어땠을까?'라는 질문을 해봐요. 내가 저 상황이라면 얼마나 화가 나고 실망했을까, 얼마나 불안했을까? 그런 질문들을 하며 환자들의 마음을 최대한 상상합니다. 저에게 찾아오는 분들 대부분은 힘들고 지친 이야기를 털어놓지만, 그런 와중에도 인생의 행복했던 순간에 대해 얘기하면서 눈이 반짝거리는 모습을 보일 때도 있어요.

영화는 아니지만 영화롭게

어린 시절부터 영화를 좋아했어요. 글씨를 읽지 못했던 때부터 부모님과 함께 극장에 갔던 게 좋은 추억으로 남아 있습니다. 어린 시절 유일하게 늦은 시간까지 깨어 있을 수 있었던 토요일에는 거실에서 TV로 〈주말의 명화〉를 봤습니다. 영화를 소개해주는 TV 프로그램과 영화 잡지를 꼬박꼬박 챙겨보고, 좋은 영화 평론을 스크랩하기도 했어요. 고등학교 생활기록부에 적었던 장래 희망이 영화 평론가일 정도였습니다. 고소하고 달콤한 팝콘 냄새를 좋아했고 친구들과 함께 영화를 본 다음 이야기를 나누는 시간을 즐겼습니다. 영화 속에는 직접 경험해보지 못했던 다양한 인생들이 펼쳐졌어요. 등장인물들의 희로애락에 공감하면서 영화에 빠져 지내기도 했죠. 주인공이 슬퍼하면 같이 슬프고, 기쁘면 같이 기쁘고, 사랑에 빠지면 저도 사랑에 빠진 것 같은 느낌을 받았습니다. 만일 내가 영화 속 주인공이었다면 어떻게 했을지 상상하면서 영화를 보면 영화가 더욱 생동감 있게 느껴졌어요. 이렇게 어린 시절부터 영화 속 인물들의 인생에 감정 이입을 하면서 정신건강의학과 의사가 될 준비를 하고 있었는지도 모르겠습니다.

유튜브를 만들면서 영화 속 인물의 감정이나 그가 겪는 정신 질환에 대한 내용을 콘텐츠로 선보이곤 했어요. 제가 처음 준비했던 영상도 영화 〈아이언맨〉의 주인공 토니 스타크에 대한 이야기였습니다. 영화 속에서 토니 스타크가 갑작스러운 심장 두근거림과 호흡 곤란, 불안 증세를 일으키는 장면을 들어 공황발작에 대해 설명했죠. 누구나 잘 아는 영화 속 인물을 예로 들어 설명하면 딱딱하고 어렵게만 느껴지는 정신 질환이 잘 이해되고, 정신건강의학과 진료에 대한 선입견이 사라지지 않을까 싶어서 찍게 된 영상이에요. 이후에도 '정신건강의학과 의사가 타노스와 조커를 진료한다면', '영화 속에 나오는 다중 인격 장애', '영화 속 인물들의 캐릭터 분석' 등을 제작했고 많은 이들에게 큰 사랑을 받았습니다.

여전히 많은 사람이 정신건강의학과를 찾는 걸 망설이고 있어요. 우창윤과 이낙준이 함께 유튜브를 시작해보자고 했을 때 기꺼이 하겠다고 한 것도 많은 사람이 정신건강의학과 진료에 대해 관심을 가졌으면 하는 바람이 있었기 때문이에요. 이메일이나 댓글로 정신건강의학과 진료를 망설이다가 닥터프렌즈 영상을 보고 병원을 찾아갔다는 이야기를 들을 때마다 정말 뿌듯합니다. 동료들도 닥터프렌즈를 보고 병원을 찾아오는 사람이 많다며 응원을 보내준답니다.

유튜브를 시작하고 나서 의사 선생님들이나 의대생들을 상대로 강연을 하게 되는 경우가 생겼습니다. 그때 받는 질문 중 하나가 바로 '유튜브가 환자를 치료하는 데 방해가 되지 않느냐'는 거예요. 정신건강의학과 의사는 환자를 치료하기 위해 본인에 대한 정보를 숨겨야 하는데, 이미 유튜브에 저에 대한 정보가 많아서 어렵지 않느냐고요.

정신 치료는 크게 '지지 정신 치료'와 '통찰 정신 치료(정신 분석적 정신 치료)'로 나뉩니다. 지지 정신 치료는 환자가 의식하고 있는 부분만 다루지만 통찰 정신 치료는 본인이 인지하는 것 이상으로 자기 자신을 알아가게 하는 치료예요. 자신의 무의식적이고 비합리적인 부분까지도 스스로 깨닫고 합리적으로 생각할 수 있도록 돕는 과정입니다. 지금 당장 너무 힘들고 답답하다면 지지 정신 치료를 받는 게 맞지만, 마음 깊숙한 곳에 있는 갈등과 장애를 해소하고 싶다면 통찰 정신 치료를 받아야 합니다.

통찰 정신 치료를 잘 하려면 치료자가 환자에게 중립적인 태도를 가져야 합니다. 그래야 환자가 치료자에게 전이 반응이라는 걸 일으키거든요. 여기서 전이란 환자가 자기 주변의 중요한 인물들과의 대인 관계를 치료자와의 관계로 옮겨오는 것을 말합니다. 환자에게서 전이가 잘 일어나면 치료자가 환자의 상호 작용 방식과 대인 관계를 관찰하고 해석하면서 문제를 살펴보게 됩니다. 이렇게 환자 스스로 과거의 트라우마가 지금도 재현되고 있다는 걸 깨닫는 게 전이 반응이에요. 정신건강의학과 의사들은 환자로

부터 신상에 관한 질문을 굉장히 많이 받는데, 그건 환자가 본인이 생각하는 누군가와 치료자를 맞춰가는 과정입니다. 그래서 치료가 잘 이루어지려면 치료자가 본인의 신상을 밝히지 않아야 해요. 그래야 환자가 전이를 잘 일으킬 수 있으니까요.

제 경우엔 닥터프렌즈 채널을 통해 저에 대한 정보를 굉장히 많이 드러냈죠. 그런 면에서 이제 저는 통찰 정신 치료를 하기에 적합하지 않은 의사가 된 것 같아요. 유튜브를 하면서 중립성과 익명성을 포기했기 때문에 통찰 정신 치료를 잘하는 치료자가 되는 일은 접어두게 되었습니다. 제가 전공의 때부터 통찰 정신 치료에 뛰어나거나 관심이 많았던 건 아니지만, 앞으로 유튜브를 하면 할수록 해당 치료에는 적합하지 않아질 거라는 생각에 아쉬움을 느끼기도 합니다. 하지만 처음 의대에 들어갔을 때 했던 생각처럼 세상에는 똑똑한 사람이 정말 많기 때문에, 더 잘하는 분들에게 통찰 정신 치료를 부탁하면 된다고 생각해요. 대신 저는 유튜브를 통해 정신 의학을 친근하고 재밌게 알려드리면서, 정신건강의학과에 대한 선입견을 없애는 일을 하려고 합니다. 그건 제가 잘할 수 있는 부분이니까요.

영화를 좋아했던 아이가 정신건강의학과 의사가 되어 환자들의 이야기에 공감하며 진료를 하고 있습니다. 이제는 유튜브를 포함한 다양한 매체를 통해 영화 속 이야기를 나누고 있고요. 영화와 관련된 직업을 갖지는 못했지만 많은 분과 소통하며 영화롭게 살고 있습니다.

창윤 | **닥터프렌즈, 여행하는 마음으로**

　여러분은 '병원에 입원해 있는 환자'라고 하면 어떤 이미지가 떠오르나요? 보통은 병원 로고가 깨알 같이 들어간 펑퍼짐한 환자복을 입고 침대에 누워 있거나 수액을 끌면서 병원 복도를 다니는 사람의 이미지가 떠오르지 않나요? 어떤 사연을 가지고 있는 누구인지보다 그저 병을 치료받고 있는 특징 없는 환자의 이미지 말이에요. 물론 본인이나 가까운 사람이 입원해본 적이 있다면 그 기억이 떠오를지도 모르겠습니다. 하지만 대부분 그저 치료를 받는 힘없는 사람의 이미지가 떠오를 거예요.

　저도 처음 병원에서 일을 시작할 때는 그렇게 생각했습니다. 다만 의대생 때 배운 지식들로 특정 병을 가지고 있는 환자의 이미지를 떠올렸죠. 항암 방사선 치료를 하기 위해 입원한 56세 여자 환자, 20년 전 진단 받은 당뇨병의 합병증으로 투석을 받기 위해 입원한 62세 남자 환자, 이런 식으로요. 환자라면 그저 아픈 병을 치료하기 위해 입원해 있다고 생각했어요. 그들에게도 소중한 일상이 있다는 생각을 하지 못했던 거죠. 부끄러운 변명이지만 정신없는 일과 속에서 효율적으로 일하기 위해서는 각각의 개인을 질환과 합병증으로 범주화해서 파악하고, 그에 따라 움직여야 한다고 생각했습니다. 하지만 제 생각은 점점 더 많은 시간을 환자들과 보내면서 크게 달라졌어요.

내과 레지던트 당시 중요했던 일과 중 하나가 새로운 환자를 받는 일이었습니다. 새로운 환자가 입원하면 환자를 만나서 왜 입원했는지, 원래 가지고 있는 병이 무엇인지, 이번에 입원한 이유는 무엇인지에 대한 이야기를 나눠요. 환자의 이야기를 듣고 현재 문제가 되는 질병과 치료 계획을 정리합니다. 그러다 보니 예전에는 그저 피상적으로 느껴졌던 환자들이 점차 각자의 사연과 일상을 가진 존재로 보이기 시작했습니다. 폐암이 의심되어 입원한 57세 남자 환자가, 퇴원하면 돌아가야 할 가족과 직장이 있는 존경받는 아버지로 보였죠. 그리고 그분들에게는 그 일상이 바로 간절한 행복이라는 걸 깨닫게 되었습니다. 병원에서의 생활이 저에게 '환자'라는 단어의 이미지를 바꿔준 것이죠.

그렇게 면담은 조금 더 깊이 있는 시간으로 변했습니다. 단순히 의사의 관점에서 환자의 증상에 대해서만 묻고 답하는 게 아니라 환자가 처한 상황과 삶에 대한 다양한 이야기를 들을 수 있었거든요. 그 시간은 진료를 하는 저에게도 큰 도움이 되었습니다. 환자들은 저를 더 신뢰하게 되었고, 저는 약을 처방하거나 검사를 할 때 환자의 소소한 사정까지 고려할 수 있게 되었어요. 매일 비슷한 병의 진단과 치료를 반복하는 게 아니라 사람들의 문제를 해결하고 그들을 다시 일상으로 돌려보내는 일을 한다는 생각이 들었어요.

병원 안에서만 경험할 수 있는 사람들의 진짜 이야기가 있습니다. 사회생활을 하면서 많은 사람을 만나고 다양한 이야기를 나누지만, 사실 우리에게 가장 중요하고 결정적인 화두인 병과 죽음에 대해 깊이 생각하고 이야기하기는 어렵습니다. 꼭 병과 죽음에 대한 이야기가 아니더라도, 우리가 병들고 죽을 수 있다는 사실을 인지하고 나누는 대화는 진정성에서부터 아예 다른 차원이 됩니다. 대형 병원에 입원한 다수의 환자가 아주 힘든 병에 걸려 있고 그중에 죽음을 맞이할 준비를 하고 있는 분들도 많아요. 그렇기 때문에 병원은 사람들이 가장 자신의 본성에 가까운 이야기를 들려주는 곳이 아닐까 싶어요.

전신 마취를 하는 수술은 누구에게나 두렵고, 장기를 떼어내는 건 쉽게 상상하기 어렵습니다. 그런데도 사랑하는 사람을 위해 기꺼이 자신의 신장을 이식해주겠다는 이의 망설임 없는 눈을 보며 말로 다하기 어려운 감동을 느낄 수 있는 곳이 또 어디 있을까요? 누군가를 위한 가장 진솔한 사랑과 배려를, 누군가가 진정으로 힘겨워하는 모습을 볼 수 있는 곳 또한 병원이었습니다. 이렇게 내과 의사가 된다는 것은 사람과 삶을 직면하고, 밤새도록 그에 대한 고민과 사색을 하게 되는 일이었습니다.

함께하는 즐거움

레지던트 시절, 병원 밖의 시간에 가장 중요했던 건 푹 쉬고 에너지를 재충전하는 것이었어요. 잠이 너무 부족할 때면 정말 잠만 자며 지내기도 했지만, 스트레스를 해소하는 데 가장 도움이 됐던 건 운동이었습니다. 다양한 운동 중에서도 친구들과 함께할 수 있는 농구를 좋아했어요. 어린 시절에 〈슬램덩크〉라는 만화를 봤을 때부터 농구가 하고 싶었고, 대학생이 됐을 때 처음 가입한 동아리도 농구부였습니다. 함께 뛰고 땀 흘리는 농구는 운동 그 이상으로 즐거웠고, 즐기는 마음으로 열심히 하다 보니 농구부 주장을 맡기도 했습니다.

그렇게 농구는 저의 스트레스를 풀어주는 가장 좋은 방법이 되었습니다. 잔뜩 밀린 일 때문에 스트레스가 쌓이고 피곤할 때에도 친구들과 모여서 농구공을 튀기다 보면 불필요한 걱정은 모두 잊고 할 수 있는 일에 집중할 힘이 생겼습니다. 날씨 좋은 날 친구들과 함께 농구 한 게임 마치고 마시는 맥주 한잔이 그렇게 즐겁고 기분 좋을 수 없어요.

취미 생활에도 위기는 있었습니다. 고등학교 때 중간고사가 끝나자마자 농구를 하기 위해 체육관으로 뛰어가다가 오른발 아킬레스건을 다쳐서 3개월 정도 깁스를 하기도 했죠. 힘든 레지던트 생활을 끝낸 다음 약해진 몸으로 농구를 하다가 두 번이나 손가락이 부러져서 핀을 박기도 했습니다. 그때는 발과 손가락을 다쳐서 불편한 것도 있었지만, 운동으로 스트레스를 풀 수 없어서 너무 답답했어요. 그런 경험 또한 좋은 가르침이 되어서 더 조심히 농구를 하게 됐지만요. 하지만 가족들이나 농구를 하지 않는 친구들이 농구를 위험한 운동이라고 오해하는 게 안타까웠습니다.

친구들과 함께 여행을 떠나는 것도 좋아했습니다. 대학생 때는 버스나 기차를 타고 국내 이곳저곳을 돌아다녔고, 가끔은 해외에 가기도 했어요. 지금 생각해보면 새로운 곳을 간다는 것도 설레고 좋았지만, 친구들과 함께 여행의 기억을 공유한다는 게 더 좋았던 것 같아요.

요즘 함께하는 최고의 여행 친구는 저의 아내입니다. 결혼하기 전부터 이곳저곳을 함께 여행했어요. 그중 가장 기억에 남는 건 춥고 낭만적이었던 아이슬란드 여행입니다. 밤하늘을 수놓는 거짓말 같은 오로라를 보면서 결혼을 약속했고 지금은 세 살배기 딸과 배 속의 둘째까지 한 가족을 이루게 됐답니다. 이제는 넷이 함께 떠날 새로운 여행을 계획하고 있습니다.

유튜브도 친구들과 함께 시작했기에 바쁜 임상강사 시절임에도 즐겁게 할 수 있었어요. 친한 친구인 낙준이와 진승이, 제 아내 혜리와 함께 하는 일이니, 유튜브를 하는 건 마치 새로운 곳으로 떠나는 여행처럼 느껴집니다. 닥터프렌즈를 통해 좋은 사람들을 많이 만나게 됐고 새로운 세상을 배우고 경험하고 있습니다. 이렇게 저는 사랑하는 사람들과 함께 새로운 도전을 하며 여행하는 마음으로 살아가는 행복한 내과 의사입니다.

코로나 이후를 상상하며

저희 셋이 함께 책을 쓴다고 말한 지 벌써 2년이 다 되어갑니다. 사실 책을 써야겠다고 마음먹은 건 그보다 더 오래되었죠. 출판사와 첫 미팅을 했던 기억이 선명합니다. 합정역 근처의 한 카페에서 어떤 책을 쓰면 좋을지에 대한 얘기를 나누었죠. 이미 저희에 대해 많이 알고 계신다는 느낌을 받았고, 지침대로 쓰기만 하면 될 것 같았습니다. 생각해보면 쓰기만 하면 된다는 말은 얼마나 건방진가요. 무식하면 용감하다고, 잘 몰라서 도전할 수 있었습니다.

책이 나오는 시점은 점점 뒤로 밀려만 갔습니다. 글이라고는 논문이나 웹소설만 써봤던 이들이 뭉쳤으니 그럴 수밖에요. 2019년 발간을 목표로 잡았는데, 어느덧 2021년의 가운데를 관통하고 있습니다.

그 사이 참 많은 일이 있었습니다. 구독자 헬프님들이 폭발적으로 늘어나던 시기도 있었고 오프라인으로 팬미팅을 하기도 했죠. 오래 걸릴 거라고 생각했던 게임도 출시되었고요. 좋은 일만 있었던 건 아닙니다. 개인적으로나 채널에나 어려웠던 시절이 분명히 존재했습니다. 무엇보다 작년 초 시작된 코로나-19는 아직도 우리를 괴롭히고 있습니다. 설마 했는데 책이 나오는 시점까지도 이러고 있을 줄은 몰랐습니다. 지금보다 좋은 시절이었다면 출간을 핑계로 반가운 얼굴들을 만나볼 수 있었을 텐데 말이죠. 사실은 아예 코로나가 없었다면 참 좋았을 거예요.

저희 셋, 그러니까 아무것도 아닌 세 사람이 책을 냅니다. 나름 전문의이지만 그것만으로는 책을 쓸 수 없다는 걸 저희도, 여러분도 잘 알고 있죠. 그러니까 이건 전부 닥터프렌즈 채널에서 만난 헬프님들 덕입니다. 정말 감사합니다. 모쪼록 이 책을 덮을 때 기억나는 구절이 하나쯤은 있기를 바랍니다. 조금 더 욕심을 부려본다면, 책을 읽기 전보다 더 건강해졌으면 좋겠습니다.

1. Rawshani, Aidin, Araz Rawshani, Stefan Franzén, Naveed Sattar, Björn Eliasson, Ann-Marie Svensson, Björn Zethelius, Mervete Miftaraj, Darren K. McGuire, Annika Rosengren, Soffia Gudbjörnsdottir, "Risk Factors, Mortality, and Cardiovascular Outcomes in Patients with Type 2 Diabetes," *The New England Journal of Medicine* 379, no. 7: 633-644, 2018. doi: 10.1056/NEJMoa1800256.

2. 「[100세 시대] 75세 이상 노인 10명 중 7명 '노인성 난청'…보건 당국 "소음 노출 최소화·금연 등 예방 중요"」,《이지경제》, 2020. 4. 6.

3. 송창호,『인물로 보는 해부학의 역사』, 정석출판, 2015.

4. Murphy, P.E., J.W. Ciarrocchi, R.L. Piedmont, S. Cheston, M. Peyrot, G. Fitchett, "The Relation of Religious Belief and Practices, Depression, and Hopelessness in Persons with Clinical Depression," *Journal of Consulting & Clinical Psychology* 68, no. 6: 1102-1106, 2000. doi: 10.1037/0022-006X.68.6.1102.

5. Passalacqua, G., M. Albano, G. W. Canonica, C. Bachert, P. Van Cauwenberge, R. J. Davies, S. R. Durham, K. Kontou-Fili, F. Horak, H. J. Malling, "Inhaled and Nasal Corticosteroids: Safety Aspects," Allergy 55, no. 1: 16-33, 2000. doi: 10.1034/j.1398-9995.2000.00370.x.

6. 이장수, 민한기, 김남국, 오현명, 손원상, 박병철, 「Microdebrider와 Coblation 을 이용한 하비갑개 수술의 장기적 효과에 대한 비교 연구」,《대한이비인후과학회지》, vol 54, no. 8, 532-538, 2011. doi: https://doi.org/10.3342/kjorl-hns.2011.54.8.532.

7. Hong, Sang Duk, Nak-Joon Lee, Hyun-Jin Cho, Min-Seok Jang, Tae Young Jung, Hyo Yeol Kim, Seung-Kyu Chung, Hun-Jong Dhong, "Predictive Factors of Subjective Outcomes after Septoplasty with and Without Turbinoplasty: Can Individual Perceptual Differences of the Air Passage Be a Main Factor?" *International Forum of Allergy & Rhinology* 5, no. 7: 616-621, 2015. doi: 10.1002/alr.21508.

8. Marshall, Nathaniel S., Keith K. H. Wong, Stewart R. J. Cullen, Matthew W. Knuiman, Ronald R. Grunstein, "Sleep Apnea and 20-Year Follow-Up for All-Cause Mortality, Stroke, and Cancer Incidence and Mortality in the Busselton Health Study Cohort," *Journal of Clinical Sleep Medicine* 10, no. 4: 355–417, 2014. doi: 10.5664/jcsm.3600.

Peker, Y., J. Hedner, H. Kraiczi, S. Löth, "Respiratory Disturbance Index: An Independent Predictor of Mortality in Coronary Artery Disease," *American Journal of Respiratory and Critical Care Medicine* 162, no 1: 81–87, 2000. doi: 10.1164/ajrccm.162.1.9905035.

Torres, Gerard, Manuel Sánchez-de-la-Torre, Ferran Barbé, "Relationship Between OSA and Hypertension," *Chest* 148, no. 3: 824–832, 2015. doi: 10.1378/chest.15-0136.

9. Senaratna, Chamara V., Jennifer L. Perret, Caroline J. Lodge, Adrian J. Lowe, Brittany E. Campbell, Melanie C. Matheson, Garun S. Hamilton, Shyamali C. Dharmage, "Prevalence of Obstructive Sleep Apnea in the General Population: A Systematic Review," *Sleep Medicine Reviews*, vol. 32: 70-81, 2017. doi: 10.1016/j.smrv.2016.07.002.

10. Asnis, Gregory M., Henderson Ma, Sylvester C., Thomas M., Kiran M., Richard De La G., "Insomnia in Tinnitus Patients: A Prospective Study Finding a Significant Relationship," *The International Tinntus Journal* 24, no. 2: 65–69, 2020. doi: 10.5935/0946-5448.20200010.

Salazar, James W., Karl Meisel, Eric R. Smith, Aaron Quiggle, David B. McCoy, Matthew R. Amans, "Depression in Patients with Tinnitus: A Systematic Review," *Otolaryngology-Head and Neck Surgery* 161, no. 1: 28–35, 2019. doi: 10.1177/0194599819835178.

11. House, J. W., D. E. Brackmann, "Tinnitus: Surgical Treatment," *Ciba Foundation Symposium* 85, 1981. doi: 10.1002/9780470720677.ch12.

12. Ridder, Dirk De, Sven Vanneste, Nathan Weisz, Alain Londero, Winnie Schlee, Ana Belen Elgoyhen, Berthold Langguth, "An Integrative Model of Auditory Phantom Perception: Tinnitus as a Unified Percept of Interacting Separable Subnetworks," *Neuroscience & Biobehavioral Reviews* 44, 2014. doi: 10.1016/

j.neubiorev.2013.03.021.

13. Yeh, Chun-Wei, Leng-Hsuan Tseng, Chao-Hui Yang, Chung-Feng Hwang, "Effects of Oral Zinc Supplementation on Patients with Noise-Induced Hearing Loss Associated Tinnitus: A Clinical Trial," *Biomedical journal* 42, no. 1: 46-52, 2019. doi: 10.1016/j.bj.2018.10.009.

14. Shemesh, Z., J. Attias, M. Ornan, N. Shapira, A. Shahar, "Vitamin B12 Deficiency in Patients with Chronic-Tinnitus and Noise-Induced Hearing Loss," *American Journal of Otolaryngology* 14, no. 2: 94-99, 1993. doi: 10.1016/0196-0709(93)90046-a.

15. Te Morenga, Lisa A., Megan T. Levers, Sheila M. Williams, Rachel C. Brown, Jim Mann, "Comparison of High Protein and High Fiber Weight-Loss Diets in Women with Risk Factors for the Metabolic Syndrome: A Randomized Trial," *Nutrition Journal* 10, no. 1: 40, 2011. doi: 10.1186/1475-2891-10-40.

16. Leidy, Heather J., Minghua Tang, Cheryl L. H. Armstrong, Carmen B. Martin, Wayne W. Campbell, "The Effects of Consuming Frequent, Higher Protein Meals on Appetite and Satiety during Weight Loss in Overweight/Obese Men," *Obesity* 19, no. 4: 818-824, 2011. doi: 10.1038/oby.2010.203.

17. Turnbaugh, Peter J., Ruth E. Ley, Michael A. Mahowald, Vincent Magrini, Elaine R. Mardis, Jeffrey I. Gordon, "An Obesity-Associated Gut Microbiome with Increased Capacity for Energy Harvest," *Nature* 444, no. 7122: 1027-1031, 2006. doi: 10.1038/nature05414.

18. Walker, Alan W., Julian Parkhill, "Microbiology. Fighting Obesity with Bacteria," *Science* 341, no. 6150: 1069-1070, 2013. doi: 10.1126/science.1243787.

19. Perry, Rachel J., Liang Peng, Natasha A Barry, Gary W. Cline, Dongyan Zhang, Rebecca L. Cardone, Kitt Falk Petersen, Richard G. Kibbey, Andrew L. Goodman, Gerald I. Shulman, "Acetate Mediates a Microbiome-Brain-β-Cell Axis to Promote Metabolic Syndrome," *Nature* 534, no. 7606: 213-220, 2016. doi: 10.1038/nature18309.

20. Tricò, D., E. Filice, S. Trifirò, A. Natali, "Manipulating the Sequence of Food Ingestion Improves Glycemic Control in Type 2 Diabetic Patients under Free-

Living Conditions," *Nutrition & Diabetes* 6, no. 8: e226, 2016. doi: 10.1038/nutd.2016.33.

21. Shukla, Alpana P., Radu G. Iliescu, Catherine E. Thomas, Louis J. Aronne, "Food Order Has a Significant Impact on Postprandial Glucose and Insulin Levels," *Diabetes Care* 38, no. 7: e98–e99, 2015. doi: 10.2337/dc15-0429.

22. 「외식 비용 · 횟수 전년보다 줄어」, 《조선비즈》, 2019. 1. 8.

23. Kim, Hwi Jun, So Yeon Oh, Dong-Woo Choi, Eun-Cheol Park, "The Association between Eating-Out Rate and BMI in Korea," *International Journal of Environmental Research and Public Health* 16, no. 17: 3186, 2019. doi: 10.3390/ijerph16173186.

24. Song, Mingyang, Teresa T. Fung, Frank B. Hu, Walter C. Willett, Valter D. Longo, Andrew T. Chan, Edward L. Giovannucci, "Association of Animal and Plant Protein Intake with All-Cause and Cause-Specific Mortality," *JAMA Internal Medicine* 176, no. 10: 1453–1463, 2016. doi:10.1001/jamainternmed.2016.4182.

25. Knubben, K., F. M. Reischies, M. Adli, P. Schlattmann, M. Bauer, F. Dimeo, "A Randomised, Controlled Study on the Effects of a Short-term Endurance Training Programme in Patients with Major Depression," *British Journal of Sports Medicine* 41, no. 1: 29–33, 2007. doi: 10.1136/bjsm.2006.030130.

내 이웃집 의사 친구, 닥터프렌즈

1판 1쇄 발행 2021년 09월 01일
1판 2쇄 발행 2021년 09월 24일

지은이 닥터프렌즈
펴낸이 김영곤
펴낸곳 ㈜북이십일 아르테

책임편집 김연수 **디자인** 오혜진
아르테본부 문학팀 김유진 임정우 김연수 원보람
마케팅2팀 엄재욱 이정인 나은경 정유진 이다솔 김경은 진승빈
출판영업팀 김수현 이광호 최명열
제작팀 이영민 권경민

출판등록 2000년 5월 6일 제406-2003-061호
주소 (10881) 경기도 파주시 회동길 201 (문발동)
대표전화 031-955-2100 **팩스** 031-955-2151 **이메일** book21@book21.co.kr

아르테는 ㈜북이십일의 문학 브랜드입니다.

ISBN 978-89-509-9724-3 03810